这本书

属于助人为乐的

____

Glinda of OZ

奥兹国仙境奇遇记

营救桃乐丝

[美] 弗兰克・鲍姆/著
[美] 约翰・R.尼尔/绘
稻草人童书馆/译

人民东方出版传媒
東方出版社

图书在版编目（CIP）数据

营救桃乐丝 / (美) 鲍姆著 ; 稻草人童书馆译 . —北京 : 东方出版社，2015.6
（奥兹国仙境奇遇记）
书名原文 : Glinda of OZ
ISBN 978-7-5060-8259-4

Ⅰ . ①营… Ⅱ . ①鲍… ②稻… Ⅲ . ①童话—美国—近代 Ⅳ . ① I712.88

中国版本图书馆 CIP 数据核字 (2015) 第 129292 号

营救桃乐丝

YINGJIU TAOLESI

[美] 弗兰克 · 鲍姆 著 [美] 约翰 · R. 尼尔 绘 稻草人童书馆 译

策划编辑：鲁艳芳
责任编辑：梁 欣
出 版：東方出版社
发 行：人民东方出版传媒有限公司
地 址：北京市西城区北三环中路 6 号
邮政编码：100120
印 刷：北京联兴盛业印刷股份有限公司
版 次：2015 年 7 月第 1 版
印 次：2015 年 7 月北京第 1 次印刷 2022 年 7 月北京第 8 次印刷
开 本：880 毫米 ×1230 毫米 1/32
印 张：8.875
字 数：136 千字
书 号：ISBN 978-7-5060-8259-4
定 价：38.00 元
发行电话：（010）85924663 85924644 85924641

译者序

距离《奥兹国仙境奇遇记》（其第一册通常被译为《绿野仙踪》）原著初版初印已经过去一个多世纪了，在这一百多年间，这套奇幻冒险童话故事不止一次地被翻拍成电影，而且还被世界各大出版公司争相翻译编辑，一版再版。童话中一个个性格鲜明、可爱活泼的人物，以及那引人入胜的神奇冒险故事已经家喻户晓，这套丛书不仅是“美国的《西游记》”，更早已成为全世界孩子们眼中的“童话圣经”了。

每一个孩子都可能从书中找到自己的影子：他可能像稻草人一样聪明，却总是缺乏自信，看不到自己的长处；他也有可能像铁皮人一样善良，却总是为缺少一颗活蹦乱跳的“心”而多愁善感；他还可能像胆小的狮子一样勇敢，却总是认为自己不够强大因而担心失败。所以，当他们捧起这套书的时候，他们总能把自己想象成书中的某个人物，跟着他一起深入地底、飞越峡谷、横穿沙漠……

目前市场上本套丛书的其他中文版本，大多是新配的电脑绘图，且内容大多有删减，已失去了原著原有的味道和审美价值。稻草人童书馆重金购入这套丛书的美国原版初印图书，重新翻译整理，还原《奥兹国仙境奇遇记》的原有风貌。书中的插画全部是百年前美国插画大师的手绘原创作品，本套丛书的插画师之一 W.W. 丹斯诺，更是被誉为“美国图画书之父”。

于是，一幅幅栩栩如生散发着浓浓艺术气息的图画，一段段温情脉脉飘散着缕缕馨香的文字，在某个阳光明媚的午后，静静地重现在孩子们小小的书桌上，将孩子们带入一个个亦真亦梦的仙境幻界，伴随孩子们度过他们人生中最美妙的一段时光。

感谢大师们给了我们这样一个机会，让我们有幸将世界上最美、最真、最纯的画面与文字再次结集出版，让中国的孩子们得以感受经典手绘插画的力量，沐浴古典童话的万缕光芒。

桃乐丝来了！孩子们，快跟她一起去奥兹国开始一段不同寻常的冒险之旅吧……

南来寒

（稻草人童书馆 总编）

2015 年 5 月 18 日于广州

CONTENTS 目录

第一章

职责的呼唤

格林达坐在宫殿的大厅里，她的四周簇拥着一百多位貌美如花的宫女，她们都是格林达从奥兹仙境精心挑选出来的女孩。高大雄伟的大厅是由大理石搭建而成的，看上去光彩夺目。那喷泉洒雨，犹如阵阵乐声。高大的柱廊一直向南，穿着绣花服饰的女孩们只需轻轻地抬起头来，就可以看到外面的玫瑰田以及一排排树木。树上硕果累累，田野里开满芬芳四溢的鲜花。偶尔会有一位穿着绣花衣服的宫女领唱，其他的宫女便会跟着一起哼唱；或者会有一位宫女在悠扬的音乐中翩然起舞，另一位宫女专心致志地弹奏竖琴……格林达喜欢宫女们热爱生活的状态，每当这个时候，她都会流露出满意的笑容。

过了一会儿，田野里突然奔来一个小东西，大家可以看到他正在通往城堡的大路上奔跑着。宫女们用无比敬慕的眼神一直盯着他的身影，格林达看到他，立刻露出愉快的笑容。原来是她的好朋友来了，在奥兹国中，这两位好朋友是格林达最为敬重的人。

在那条大路上，锯木马拉着一辆红色的马车愈走越近，当这匹神奇而有趣的木马在格林达宫殿的门口停下来的时候，从车上走下来两位年轻的女孩——奥兹国的奥芝玛公主以及她的好朋友桃乐丝。两个女孩都身着白色细布衣衫，她们一边走上宫殿的台阶，一边愉快地讨论着一些事情。这两个女孩看上去是那么朴实无华、单纯快乐，谁会想到她们都是奥兹国赫赫有名的大人物呢！

所有的宫女都站起来，轻轻地垂下脑袋，一起迎接伟大的奥芝玛公主。格林达激动地伸出双臂，走上前迎接这两位贵客的到来。

奥芝玛公主开心地说："亲爱的格林达，我只是凑巧过来看看。我和桃乐丝待在王宫里觉得很无聊，突然想到好久没来奎德林国看看了，所以就坐着锯木马拉的马车来到了这里，就是这样简单！"

桃乐丝接着说："我们走得很快呢，锯木马飞奔而起的风儿吹乱了我们的头发。以前，从翡翠城来到你这里似乎得走上一天吧，可是今天我们只用了不到两个小时。"

"你们的到来让我倍感荣幸！"格林达一边说，一边带着她们穿过宫殿的大厅，来到富丽堂皇的会客厅。格林达挽住奥芝玛的手臂走在前面，桃乐丝被落在了后面，她热情地跟几位熟悉的宫女打招呼，并亲吻她们的脸颊，她还忙着跟其他的宫女说话，大家似乎都把她们当成了要好的朋友。最终，她也走进了会客厅，这才发现格林达和奥芝玛公主正严肃地讨论着民情——比如怎样做才会使奥兹国人民的生活更幸福，怎样做才会提高他们的生活质量。尽管奥兹仙境里的人们已经生活无忧、自由自在。

奥芝玛总是心系人民，自然对这些话题很感兴趣，可是桃乐丝却不喜欢讨论这些问题。于是她一个人走到一张大桌子前面，那上面放着格林达的魔法大记事簿。

这本记事簿可是奥兹国的一件宝物，格林达把它看得比任何东西都要珍贵，所以，她用金链条把记事簿锁在了这张大理石的桌子上。每当她要出门的时候，她总会用五把镶着宝石的挂锁小心翼翼地锁上它，然后取下钥匙，把它们戴在自己的脖子上。

在奥兹仙境里，任何一件有魔力的东西都无法与这本记事簿相提并论，因为这上面记录着世界各地所发生的每一件事情，好像任何人、任何事情都逃不出它的掌控——每一件事情刚一发生，记事簿就已经悄悄地记录在案了。这些记录很真实，但没有做到巨细无遗。因为世界各地每时每刻都在发生那么多的事情，所以记事簿在记录的时候只能力求简单，否则，格林达的这本记事簿再大也记录不下所有的事情。

格林达每天都要翻阅记事簿好几次，桃乐丝每次前来拜访她的时候，也喜欢翻阅一下，以查看世界各地所发生的每一件事情。其实，记事簿关于奥兹国的记录并不多，因为奥兹仙境中向来相安无事，处处歌舞升平，一片祥和之象。今天，桃乐丝站在这本魔书前，突然走不动了，因为就在她翻阅的时候，一些文字正一个个地冒出来，真是生动有趣啊！

她无比惊讶地叫道：“亲爱的奥芝玛，真有意思啊！原来在奥兹国里还有一个斯基泽部落呢！”

奥芝玛来到桃乐丝身边，说道：“是啊，我从环状甲虫教授所制作的《奥兹国地图》中看到过这个地方，但是我不知道斯基泽人到底长什么样。我所认识的人里也没有人见过或听说过斯基泽，这是我知之甚少的一个地方。据说，那个地方比吉利金国还要远一些，其中一边是无法逾越的沙漠，另一边是连绵不断的乌盖布山脉。”

“除了斯基泽人，谁也不熟悉那片土地。”桃乐丝说，“但是记事簿上是这样记载的——奥兹国的斯基泽人向奥兹国的平头人下了战书，他们之间应该会有一场战争，结果不堪设想，必定会两败俱伤。”

奥芝玛说：“难道记事簿上记载了这些内容？”

桃乐丝说：“对，一字不差！”随后奥芝玛和格林达也看了那本魔书，她们都感到非常惊讶。

奥芝玛问道：“格林达，你能告诉我平头人究竟是怎么回事吗？”

格林达摇摇头，无奈地回答道：“说实话我也不知道，陛下，其实，今天我也是第一次听说斯基泽人。在奥兹国的边缘，隐居着许许多多神秘奇特的部落，他们从不肯离开故土半步，而奥兹国其他地方的人们也从未涉足过那里，所以我并不了解他们。但是，如果陛下想知道斯基泽人和平头人的消息，我可以通过法术让你了解一些。”

奥芝玛突然眉头紧蹙，她说道：“格林达，但愿你可以做到，如果他们是奥兹国人，那就是我应该爱护的人民，我不允许自己统治的地方发生任何战争，我的臣民遇见任何麻烦。”

格林达回答道：“陛下，请放心吧！我将尽自己最大的努力给你提供一些情报，我得暂时回避一下，去我的魔法室为你一探究竟。”

桃乐丝问道：“我可以跟你一起去看看吗？”

格林达却说：“不可以，其他人跟着我只会使魔法失灵。”

于是，格林达转身走进了魔法室，奥芝玛和桃乐丝在外面耐心地等待着她。

大约过了一个小时，格林达从魔法室走了出来，她看上去好像满心忧虑。

她对奥芝玛说道：“陛下，斯基泽人生活在一个湖泊之中的魔岛上，他们懂得魔法，所以我很难了解到他们的情况。”

奥芝玛一听，更加吃惊了：“啊！奥兹国竟然还有一个斯基泽湖，我竟然都不知道。地图上标有一条河流从斯基泽乡流过，却没有说明那是一个湖泊啊！”

“我想画地图的人也许从未到过那里。”格林达解释道，“我可以肯定的是，那的确是一个湖泊，湖泊里有一座魔岛，上面住着斯基泽人。”

奥芝玛好奇地问：“你可以说说他们的模样吗？”

格林达坦白道：“对不起，我的法术仅限于此，斯基泽人的魔力真是‘戒备森严’，阻止了任何人探秘的脚步。”

桃乐丝却提出了不同的看法：“既然平头人准备跟他们大战一场，他们应该了解斯基泽人的一切吧。”

“也许你的分析是正确的，”格林达说道，“但是我们对平头人同样了解得很少，他们住在斯基泽湖南面的一座高山上。这座山光秃陡峭，顶部向里面凹陷，上面平坦得如同一个脸盆，聪明的平头人以此为家。其实他们也是魔法师，但他们很封闭，从不肯离开家门，也不愿与外界往来。据说，平头人仅仅有 100 个人，斯基泽人也只不过比他们多 1 个人而已。”

奥芝玛继续问道：“他们为什么要争吵呢？又为什么要发动战争呢？”

格林达摇了摇头：“陛下，这个我也不知道。”

桃乐丝突然大声说道：“奥兹国的法律有规定——只有格林达和奥芝魔法师才可以使用魔法。这两个鲜为人知的部落的人们如果是魔法师，他们必须受到惩罚，因为他们偷偷地使用了魔法！”

奥芝玛对着认真的桃乐丝微微笑了笑，说道：“奥兹国不认识我的人、不知道法律的人太多了，我们不能指望所有的人都遵纪守法。比如，我们对平头人或斯基泽人一无所知，又怎能指望他们了解我们以及我们所制定的法律呢？”

桃乐丝说道：“奥芝玛，我认为，咱们应该主动去了解他们。可是，应该让谁去告诉他们呢？怎样才可以让那些人服从我们的安排呢？”

奥芝玛说：“我也正在想该如何解决这个问题。格林达，你有什么好的想法吗？”

格林达回答道：“假如你们今天没有从我的魔书上翻看到平头人和斯基泽人，也许就不会为他们要发动战争的事情而心烦意乱了。所以，我倒是建议你们不要再关注那些人，从此之后，我们就再也不会听到有关他们的任何消息了。”

“这是自欺欺人啊！”奥芝玛摇摇头说道，“我统

治着整个奥兹国，其中包括吉利金国、奎德林国、温基国、芒奇金国等，还有翡翠城。我既然统治了这里，就要对这里负责，作为奥兹仙境的女王，我有责任让奥兹国所有的人都过上幸福的生活。我要解决人们的争端，从而阻止他们发生不幸的战争。现在斯基泽人和平头人或许不知道我是谁，更不知道我才是他们的统治者。但是，我知道他们住在奥兹国里，他们就是我的臣民，所以我不能放任自己不去管他们，任由他们相互残害，否则，我就是一位不合格的女王。”

桃乐丝称赞道：“奥芝玛，我认为你应该亲自去那里一趟，去调解一下他们的争端，平复他们满腔的怒火，让那里的人们从此安居乐业，幸福快乐地生活下去。可是，你应该怎么去那里呢？”

格林达说：“其实我也不知道去那里的路。陛下，那些鲜为人知的部落危险重重，那些神秘偏僻的种族凶残野蛮，而且好战不休。”

奥芝玛却笑着说：“我一点儿也不害怕。”

“我知道你并不害怕，”桃乐丝说，“我们都知道你是一位仙女，人们根本不可能杀死你，或者伤害到你。当然，你本身也有魔法护体，有一种神奇的力量在保护着你。尽管如此，我认为你还是不能前去冒险，野

蛮凶残的敌人总是会给你带来想象不到的麻烦和伤害。再说，让奥兹国最伟大的奥芝玛公主前去冒险，情理上也说不通啊。”

“你们想得太多了，”奥芝玛微笑着说，“桃乐丝，危险多数时候都是人们想象出来的，我们不如想一些愉快的事情吧！而且，我们也不知道斯基泽人和平头人到底是不是邪恶的人，是不是我们的敌人。或许他们都是遵纪守法的人，愿意听从我的安排呢。”

格林达却说：“陛下，这一次我支持桃乐丝。我们毕竟不了解那些鲜为人知的族群，现在只知道他们要打仗，还掌握了一些魔法，我们就要冒险前去调解他们的争端，这样做不太合适。毕竟那些人不喜欢别人安排他们的生活，他们肯定会怨恨你，更不会欢迎你的到访，尽管你贵为女王。”

桃乐丝建议道：“为了以防万一，我们可以带着一支军队去。遗憾的是，奥兹国并没有军队。”

奥芝玛说：“是啊，我仅仅只有一个士兵。”

“那个绿胡子士兵？可是他却怕极了枪支，从不敢装子弹。我敢肯定的是，一旦遇见战争，他会第一个不战而逃。即使你拥有一个勇敢的士兵也不行，他一个人不可能对付得了 201 个平头人和斯基泽人。”

“我的朋友们，你们还有什么好的建议吗？”奥芝玛问道。

“我认为你应该派奥芝魔法师前去那里。首先，让他通知平头人和斯基泽人——他们发动战争，违反了奥兹国的法律。然后让魔法师命令他们摒弃前嫌，放下恩怨。最后，再让魔法师说明一点——如果他们拒不执行奥兹国女王的命令，他们将会受到惩罚。”格林达提议道。

奥芝玛摇了摇头，她并不满意这个建议。

“如果他们拒绝了，你又能拿他们怎样呢？”奥芝玛说，“到那个时候，我就不得不履行自己威胁的言

辞去惩罚他们，这样做只会让我很被动。思来想去，我还是决定亲自去一趟，不用带任何军队，奥芝玛公主的尊严和权力就是我最好的武器，我会要求他们服从我的管理。如果他们不肯听劝，我再想其他的办法让他们归顺。”

桃乐丝深深地叹了一口气：“看来这件事情真的很棘手。现在，我真的后悔了，不该去看那个记事簿。”

“我既然已经知道了这件事情，就得尽力地去完成自己的责任，你们能理解我吗？”奥芝玛继续说道，“我已经下定决心了，一定要去斯基泽人的湖泊和平头人的魔山一趟，我一定得阻止那里的人们发动战争。现在唯一困扰我的问题是——我是应该一个人前往，还是应该召集朋友们一起前去呢？”

桃乐丝立刻回应道：“假如你想前去的话，我愿意一同前往。不管这一路上会发生多么糟糕的事情，整个过程一定很有趣，我可不愿意错过任何精彩的瞬间。”

奥芝玛和格林达此时却没有在意桃乐丝所说的话，因为她们正在认真地思考即将开始的历险活动，这件事情可是事关重大啊！

格林达说：“我的陛下，我相信朋友们都愿意随你一起前往，但是，一旦遇见危险，却没有人可以保护你。因为在奥兹国，虽然奥芝魔法师和我都掌握了各种各样的魔法，我们的能力却都不及你。你拥有一种超人的魅力——那就是赢得人心的力量，让人们心悦诚服地追随你的力量。所以，我认为，与其让朋友们陪着你去，还不如你一个人前往。我的陛下，你觉得呢？”

奥芝玛点点头：“我也是这样想的。我可以很好地照顾自己，却不一定能照顾好其他人。等到了那里，我不想表现得太强势，我会真诚以待，希望可以用公正的手段平息他们之间的争端，不管他们有多么固执。”

桃乐丝恳求道：“奥芝玛，你总需要一个人陪着啊，难道你不愿意带上我吗？”

奥芝玛微笑地看着她。

“我找不出理由拒绝你。但是，两个女孩多少显得有些弱势，他们应该不会想到我们背负着使命，他们也许只会把我们当作热爱和平的女孩。这可不是我想要的结果，我的目的是阻止两个族群的战争。我们要以最快的速度赶到那里。好吧，现在就回翡翠城吧，今天回去做好准备，明天一早我们就出发。”

格林达并不满意现在的这个计划，但是她绞尽脑汁也没有想到更好的办法。毕竟她是了解奥芝玛的，一旦她下定决心要去做一件事情，绝对不会受其他人的影响。尽管奥芝玛要去约束的是那些陌生而又未知的族群，格林达好像并不担心她，反而更担心桃乐丝，因为她只是一个从堪萨斯州来到奥兹国的小女孩。此次远行，她们要面临的危险在奥芝玛眼中并不算什么，但在我们凡人眼中，这可是一次危险重重的旅程。

桃乐丝是奥芝玛的好朋友，又住在奥兹仙境里，所以任何人都不可能伤害她，或者让她受半点儿委屈，因为奥芝玛时时刻刻都在保护着她。所以，桃乐丝好像一直都是那个未长大的女孩，她现在和刚刚来到奥兹仙境的时候相差无几。一旦她离开了这里，前往奥兹国的其他地方，肯定会面临很多危险。毕竟她只是一位普通的女孩，如果没有人保护她，她很容易就会被敌人销毁——比如，她可能会被敌人剁成碎块，即使这些碎块还活着，却可以被丢到四面八方；她也可能会被敌人深埋在地下，或被邪恶的魔法师用其他的方法毁灭掉。格林达在大理石会客厅里来回踱步，这些事情在她的脑海中挥之不去，她真的很担心桃乐丝。

最终，格林达停下脚步，从手指上取下一枚戒指，递给桃乐丝。

格林达郑重地承诺道："桃乐丝，记住我的话——戴好这枚戒指，回来之前一定不可以取下来！如果遇到危险，你可以把戒指先往右转、再往左转，我宫殿里的警钟就会被拉响，我立刻就会去救你。当然，有奥芝玛公主在你身边，小麻烦她都可以搞定。所以，不到万不得已，不要使用这枚戒指。"

桃乐丝很感动，她接过戒指说："格林达，你总是为我着想。我还想带上从矮子精国王那里得到的魔法腰带，有这两样东西的保护，我相信平头人和斯基泽人都不会伤害到我。"

虽然只是短暂的离开，奥芝玛在离开翡翠城的时

候，还是要进行仔细而周密的安排。她和格林达道别后，就和桃乐丝坐上了红色马车，那匹锯木马立刻起程，带着她们一路飞奔向翡翠城。一路上桃乐丝都满脸兴奋，她好像很期待未来的历险。

第二章

奥芝玛和桃乐丝

此时，稻草人就住在奥芝玛的宫殿里，他不仅豁达睿智，而且平易近人，在他统治奥兹国的短短时间里，他深受人们的爱戴和尊敬。关于他的出生，那是一段传奇——从前，一位芒奇金国的农夫在一套旧衣服里塞满了稻草，并给他的脚上套了一双填满稻草的鞋子，为他的双手戴上了填满稻草的棉手套，还用麻袋填充稻草做成了他的头部，并在麻袋上面画上了眼睛、鼻子、嘴巴和耳朵，最后还给他头上戴了一顶别致而有趣的帽子。哇！一个活生生的稻草人就做好了，他和真人简直没有任何区别。农夫把他插在一根木杆上，放在自己的稻田边上。稻草人便以这样神奇的方式拥有了生命。桃乐丝从稻田边经过的时候，被他的这身打扮所吸引，把他从木杆上拔了出来。然后，桃乐丝带他来到了翡翠城，奥芝魔法师给了他一副优秀的脑子，稻草人很快变成了一位非常具有领导才能的大人物。

奥芝玛一直视稻草人为忠诚的朋友，从格林达那里回来以后，她恳请稻草人在她离开宫殿的这段时间帮她管理奥兹国。稻草人欣然答应。

奥芝玛曾特意嘱咐桃乐丝，对此次出行务必保密，在她们回来之前，对任何人都不可以提及斯基泽人和平头人的事情，桃乐丝当即答应她一定不会泄密。桃乐丝对这次历险充满了期待，她很想与两位好朋友特洛特和贝翠·鲍宾分享自己的心情，但是一想到公主的嘱咐，她只好努力地克制住自己，尽管这两个女孩和她住得很近，也同在奥芝玛的宫殿里。

后来，也真的只有格林达才知道她们的秘密行动。她们走了以后，奥芝魔法师一直在问身边的朋友们，最近怎么没有看到奥芝玛和桃乐丝。

虽然奥芝玛并不知道有没有道路通往斯基泽湖，她还是带上了锯木马和红色马车，因为奥兹国四周全是无法逾越的死亡沙漠，走起路来太费劲了。按照地图的提示，她们可以看到斯基泽乡在奥兹国的西北方向，与北面的沙漠相连，而翡翠城正在奥兹国的中心，所以，从翡翠城到斯基泽乡的距离很远很远。

翡翠城周边的村落无不人丁兴旺，但是离翡翠城越远，人就越稀少，到了与沙漠相连的边界，更是荒无人烟。格林达住在奥兹国的南边，所以奥芝玛和桃乐丝经常去那里，但除了南边，她们对奥兹国那些偏远的部落几乎一无所知。

在这个仙境中，人们了解最少的地方就是吉利金国，那里的山脉、森林、溪流中存在许多神秘而奇特的部落，而两个女孩前去探险的地方就是吉利金国最为偏远的地带。

当她们坐上红色马车准备出发的时候，奥芝玛对桃乐丝说："真是遗憾！我对自己统治的国家竟然了解得这样少，我理应熟悉奥兹国的每一个部落，不管它们是如何奇特和偏远，我更应该去了解这些部落中人们的生活。可是我都在做些什么呢？每天在宫殿里制定法律，整日欣赏翡翠城里人们幸福的生活，真是耽误了很多时间，我好像也没有时间进行长途旅行。"

桃乐丝说："通过这次旅行，说不定我们会发现很多有趣的事情。对了，我们应该调查好平头人和斯基泽人的情况。在这伟大的奥兹仙境，最重要的并不是时间，因为我们在这里不会长大，也不会衰老、生病或者死亡。所以，我们拥有足够的时间去探索奥兹国的每一个地方，慢慢地，我们就会熟悉这里的一切了。"

桃乐丝的腰上系着矮子精国王的魔法腰带，手指上戴着格林达送给她的魔法戒指，这两样东西会使她避免受到伤害。奥芝玛的胸口放着一根小小的银棒，仙女们施法的时候，不像普通魔法师那样还需要使用化学剂、药剂或者施法工具，这根银棒可是奥芝玛的贴身武器，无论是进攻还是防守，它的威力都很强大。

太阳刚刚升起来时，她们就离开了翡翠城，锯木马在通往北方的路上飞快地跑着，就这样持续了几个小时，他渐渐地放慢了脚步，因为越往前走，人烟越稀少，最后连路都没有了。看到眼前的景象，两个人只好穿越田野、树林，渡过河流与溪流，直到她们来到一个被灌木丛覆盖着的山坡，锯木马停下了脚步，因为他实在走不过去了。

奥芝玛说道："我们两个人可以走过去，但难免会撕破衣服。我们把锯木马和红色马车留在这里吧，等返回的时候再来找他们。"

"好呀！反正我坐车也坐累了。奥芝玛，我们现在距离斯基泽乡越来越近了吧？"

"桃乐丝，我也不知道，但是我们走的方向是对的，所以我们应该可以找到那个地方。"

灌木丛茂盛得如同一个小树林，一棵棵高大的灌木和两个女孩一样高（当然，她们也不是很高大）。奥芝玛和桃乐丝拨开灌木丛探路，走了一会儿后，桃乐丝突然害怕起来，害怕她们会在此迷路。这时，一个很奇特的东西挡在了她们面前，那是一张巨大无比的网，应该是一只巨大的蜘蛛织成的网，精致的网边被死死地缠在灌木丛的树枝上，形成了一个半圆形。这张网是紫色的，色彩鲜亮，上面还有许多美丽的图案。网从地上一直延伸到树枝上，如同一道五彩缤纷的柔软的栅栏。

“还好这张网看起来并不牢固，我来试试能不能冲过去。”桃乐丝一边说，一边试着向前冲，却发现这张网真的很结实，不管她怎么用力，都无法撞断任何一根网丝。

“我们还是往回走吧，想办法绕过这张怪异的网。”奥芝玛当机立断地说道。

于是，她们朝网的右侧走过去，却发现这张网原来围成了一圈。她们只好不停地走，走了很久之后，奥芝玛却发现她们又回到了原地，她惊讶地问：“桃乐丝，这条手绢不就是你刚刚丢在这里的吗？”

桃乐丝说：“看来这是一个圈套，有人在我们走进里面之后织了这样一张网。”

奥芝玛点点头，问道：“是谁一直在跟踪我们，试图把我们困在这里呢？”

桃乐丝自言自语地问：“他们为什么要这样做呢？他们究竟是什么人呢？”

奥芝玛仔细地研究了一会儿，断定道：“这应该是一张硕大无比的蜘蛛网，是由许多巨型蜘蛛织成的。”

“回答正确！”后面突然响起一个奇怪的声音，她们慌忙转过身，看见一只庞大的紫蜘蛛就坐在不远处，他正瞪着一双亮晶晶的小眼睛，凶狠地看着她们。

然后，又有十几只巨大的紫蜘蛛从灌木丛中爬了出来，他们一起向那只紫蜘蛛鞠了个躬，说道：“已经织好网了。大王，放心吧！这两个人肯定逃不走了。”

桃乐丝吓得微微颤抖，她真的很讨厌这些毛茸茸的紫色蜘蛛，看到他们的大脑袋、尖爪子、小眼睛，还有那紫色的毛，她就觉得无比恶心。

“这些紫蜘蛛真是来者不善啊，我们该怎么办？”桃乐丝对奥芝玛耳语道。

奥芝玛一脸严肃地看着他们，怒斥道：“你们为什么要这样做？”

蜘蛛王却满不在乎地回答：“我们需要人来照顾

我们，需要有人帮我们打扫灰尘、刷洗碗碟，我的部下都不愿意做这些脏活累活，所以我只好抓你们这些陌生人来为我们服务。”

奥芝玛严厉地说：“你知道我是谁吗？我是奥兹国的统治者——奥芝玛公主。”

大蜘蛛依旧不屑一顾地回答道：“我不认识你，我是蜘蛛大王，从现在开始我就是你们的主人了，跟我去王宫里，为我好好地卖命干活吧！”

桃乐丝大声说：“不要痴心妄想了！我们才不会跟你回去呢！”

“那咱们就试试吧。”蜘蛛王一边凶残地说着，一边扑向桃乐丝，他张牙舞爪地想抓住她、用锋利的爪子刺伤她。幸好桃乐丝戴着魔法腰带，他根本伤害不了她，可怜的蜘蛛王甚至无法碰触到桃乐丝。

于是，他只好迅速地转身朝着奥芝玛扑过去，奥芝玛高高地举起银色魔棒，那个庞然大物当即就被吓退了。

桃乐丝呵斥道："赶紧放我们离开这里，你根本不是我们的对手，也无法伤害到我们。"

蜘蛛王说："那又怎么样？就算你的魔法比我厉害，你也无法逃离这片蜘蛛网。我肯定不会帮助你，如果你可以打开这张蜘蛛网顺利逃走的话，请便吧！否则，你们就只能留在这里挨饿受冻。"蜘蛛王幸灾乐祸地说完这些话，发出一声奇怪的声音，那些巨大无比的蜘蛛瞬间就消失了。

奥芝玛公主感慨道："我做梦也想不到，原来在奥兹仙境里竟然有这么多的魔法。看来还是有很多人没有遵守我制定的法律，就连一只奇怪的蜘蛛也敢用魔法让我难堪。"

桃乐丝安慰她："别想这些了，我们应该想办法赶紧离开这里。"

两个女孩仔细地检查了魔网，她们发现这张网真的是坚不可摧。那根比丝线还要细许多的网丝，任凭她们怎么撕扯、撞击，都无法被破坏。她们只好试着把自己整个儿压在上面，结果也无济于事。

奥芝玛说："我们还是快去寻找一些工具把这些可恶的网线全部割断吧。"

于是，两个女孩趴在灌木丛中仔细地寻找起来，最终，她们来到一个浅水池边，看到一汪泉眼正汩汩地流水。桃乐丝觉得口渴极了，她弯下腰来，竟然发现了一只绿色的螃蟹，他的大小跟桃乐丝的手掌相差无几。桃乐丝看到这个螃蟹有两个尖利的钳子，她立刻喜出望外，顿时有了一个绝妙的主意——这两个钳子一定可以助她一臂之力。

于是，她对螃蟹喊道："快点儿出来，我有话要告诉你。"

螃蟹慢悠悠地浮出水面，爬到一块岩石上，伸出脑袋，气愤地问："你想要干什么？"

桃乐丝恳求道："拜托你用钳子帮我们把紫蜘蛛织的网给割断，让我们出去吧。你会帮我们这个忙的，对吧？"

螃蟹回答道："好像可以。但是我为什么要莫名其妙地去帮助两个陌生人呢？我能从中得到什么好处呢？”

奥芝玛问道：“你想要得到什么呢？”

“我现在是绿色的，但我期待自己可以变成白色的，”螃蟹满怀期待地说道，“因为绿色螃蟹到处都是，白色螃蟹却很稀奇，而且这个山坡上的紫蜘蛛也只害怕白色螃蟹。如果我可以让你们逃出去，你们能够让我变成白色螃蟹吗？”

奥芝玛允诺道：“当然可以，我轻而易举就可以做到。好吧，不如我现在就把你变成白色螃蟹，来证实我并没有说谎。”

说完，奥芝玛用银棒在水池中挥舞了一圈儿，螃蟹就真的变成白色的了。当然，他的眼睛还是黑色的。螃蟹从水面上看到自己的颜色，高兴坏了，他立刻爬出水面，慢慢地爬向蜘蛛网。他爬行的速度真的很慢，桃乐丝催促道：“天哪！你真慢，拜托你能不能快点儿啊！”说完，她一把抓住螃蟹，朝着蜘蛛网跑过去。

到达蜘蛛网旁边，桃乐丝把螃蟹捧在手里，他的钳子终于触摸到了如丝般细腻的蜘蛛网，只见他轻轻地一钳，那蜘蛛网就破开了。

等螃蟹把蜘蛛网割出一个足够她们逃出去的洞口

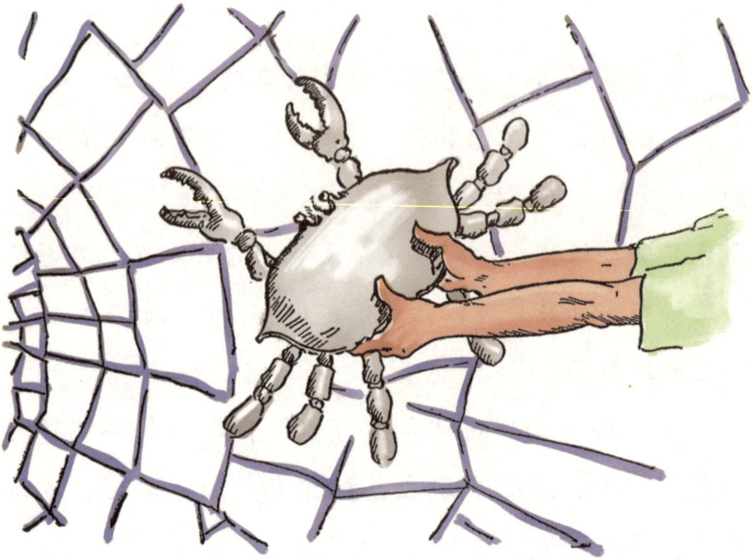

时，桃乐丝捧着螃蟹回到水池边，把他放回到水面上，然后她和奥芝玛一起离开了这里。她们刚刚逃出来，就遇见了几个紫蜘蛛，幸好这两个女孩跑得快，才没有被他们刚刚修好的蜘蛛网给困住。否则，她们又会被关进蜘蛛网里。

奥芝玛和桃乐丝拼命地跑，拼命地跑，怒气冲冲的紫蜘蛛们跟在后面，他们吐出一股蜘蛛丝，想套住她们的脚，但她们还是成功地脱险了，并且爬上了山顶。

第三章

美丽的迷雾仙女们

奥芝玛和桃乐丝爬到了山顶，她们望向远处的山谷时，才惊讶地发现山谷中一直弥漫着一股浓浓的雾气。山谷中除了这些如同浓烟般翻滚的雾以外，好像什么都不存在。她们看到不远处有一座绿茵茵的山头，看上去美丽极了。

桃乐丝说道："奥芝玛，接下来我们该怎么做呢？是走进那片迷雾的山谷中，还是等这雾气消退了再说？"

"其实不管我们等多久，这雾气都不会消退的。"奥芝玛忧心忡忡地说，"可是我们还要继续赶路，所以只能走进迷雾中冒一次险。"

桃乐丝说："我真的不知道该往哪个方向走，甚至不知道应该把脚放在哪里。我觉得那迷雾中肯定隐藏着可怕的东西，一想到要走进里面，我就很害怕。"

奥芝玛有些犹豫不决，她考虑了一会儿，眼睛盯着地面上不停翻滚的灰色浓雾说："这里应该就是迷雾谷，它终年弥漫着潮湿的云雾，即使是灿烂的阳光都无法驱散它们。迷雾仙女们一定居住在这里，我现在呼唤她们，她们应该会出来和我见面的。"

于是奥芝玛把两只手放在嘴边，发出一阵清脆的鸟鸣一样的声音，那声音在雾浪中传播得越来越远。不一会儿，另一端也传来了同样的鸟鸣般的声音，好像是奥芝玛刚刚鸣叫的回声。

桃乐丝觉得这一切很神奇，自从来到这个奥兹仙境，她目睹了很多稀奇古怪的事情，但今天所发生的一切都让她觉得新鲜有趣。平日里，奥芝玛总像个单纯、快乐、可爱的小女孩一样，但是，即使在她很放松的时候，她的举手投足之间也会流露出一种威严。大部分时间，她都是坐在自己的宝座里和大臣共商国是，或者施展仙术。桃乐丝和其他人都充满敬意地围绕着这位可爱的女孩。对于这位和蔼可亲的公主，他们真的是发自内心地喜欢她。

奥芝玛耐心地看着雾气腾腾的谷底，不一会儿，从雾浪中走出来一个个美丽的女孩，她们身穿灰色的拖地长衣，美丽的长发如同羊毛卷那般融合在迷雾中，与那迷雾浑然一体。她们头发的颜色也很像迷雾。只有雪白的脸庞以及闪光的手臂，说明她们是一群可爱的仙女，正在响应奥芝玛的呼唤。

她们栖息在云雾之间，温和地看向这两位站在山顶上的女孩，流露出疑惑的神色。其中一位仙女来到奥芝玛的身边。

奥芝玛不慌不忙地说："我是奥芝玛公主，这位是我的好朋友桃乐丝。你们可以带我们去对面的山上吗？眼前的迷雾让我们很害怕。"

迷雾仙女们靠拢过来，伸开双臂。奥芝玛毫不犹豫地走上前去，拥抱住她们，桃乐丝鼓足了勇气也跟了上去。迷雾仙女们用温柔的姿势轻轻地抱起她们，

顿时，一股凉意从她们湿漉漉的肩膀传到身上，让桃乐丝疑惑不解，她甚至怀疑自己的肩膀已不属于她了。于是，迷雾仙女们用双手托着两个女孩向对面的山上飘去，还未等她们反应过来，她们的双脚就已经踩到了对面山上的青草上，这一切都让桃乐丝惊讶不已。

“太感谢你们了！”奥芝玛和桃乐丝真诚地看着迷雾仙女们，连连道谢。

迷雾仙女们面带微笑，没有说话。她们与两个女孩挥手告别，然后飘进迷雾中，慢慢地消失了。

第四章

魔　帐

桃乐丝开心地笑了：“没想到事情会这样顺利！做仙女真好，但是我不愿意做迷雾仙女，因为要一直住在雾气中，想想都觉得可怕。”

她们爬上山谷，发

现方圆几英里竟然是一片令人心旷神怡的平原——在那绿意盎然的草丛中，生长着芳香四溢的鲜花，那树枝上更是硕果累累。站在高大的树下，两个女孩感慨万千，却没有看到一个人影。

在平原的对面，有一排棕榈树，前面耸立着一座奇形怪状的山丘。它突兀地立在平原上，如同一座山脉。山丘四面陡直，像一个长方体，山上有一处平坦的地面。

桃乐丝突然喊道："我敢肯定，这里就是平头人住的地方，格林达说过的那座山。"

奥芝玛说："如果真的像你说的那样，那斯基泽湖应该就在那排棕榈树的后面。可是，桃乐丝，你可以坚持走到那里吗？"

"我可以，我一定行！"桃乐丝用坚定的语气说，"真是遗憾，我们刚刚把锯木马和红色马车留在了山的那边，不然现在正好可以派上用场。目的地就在前方，穿越这片美丽的绿草地就可以到达，我相信这肯定难不倒我们。"

两个女孩走进其间，才发现这条路竟然那么长，她们还未赶到平顶山，天色就已经暗淡下来了。奥芝玛和桃乐丝只好在此安营扎寨，桃乐丝不愿意对朋友说——她的双腿如同生了刺般疼痛不止，她早已疲惫不堪。

以前，桃乐丝要进行探险的话，总会带上一篮子食物，以及去一个陌生地方旅行所需要的其他东西，但经验告诉她，这次跟着奥芝玛旅行，完全不同于以往。这位奥兹国的统治者，这位可爱的仙女，她只需要用一根点缀着绿宝石的银棒，靠它的魔力，她们想要得到什么就可以得到什么。因此，奥芝玛和桃乐丝停下脚步，在平原上选择了一处平坦的草坪，她优雅地转动起银棒，用甜美的声音念出神秘的咒语。瞬间，一顶漂亮的帐篷就出现在她们的面前——这是一顶紫色和白色相间的帆布帐篷，中间的柱子上飘扬着奥兹

国的皇家旗帜。

奥芝玛拉着桃乐丝的手说："桃乐丝，我真的饿了，你也肯定很饿，我们不如去帐篷里休息一下，吃一些东西吧。"

走进帐篷，桃乐丝发现里面已经摆好了一张餐桌，正好可以坐下两个人，桌子上面铺着白色的亚麻布，摆放着闪亮的银色餐具和玻璃器皿，桌子正中心的花瓶中还插着一朵玫瑰花，美味可口的食物正冒着热气。帐篷的两边还有两张床铺，那缎子床单、天鹅绒毯子和枕头无不散发着温暖的感觉。帐篷里还有一把椅子，一盏吊灯闪烁着柔和的玫瑰色光芒，把帐篷照得无比明亮。

桃乐丝坐下来，显得格外开心，她心中感慨道，魔法真是奇妙，做一个仙女的感觉真好，她只需要掌握自然法则的奥妙之处，再掌握一定的仪式和咒语，简单地挥舞一下手中的银棒，一瞬间，她便可以得到人们辛苦多年才能得到的东西。想到这里，善良的桃乐丝竟然突发奇想——她希望所有的人都可以拥有那根银棒，从此之后，他们无须再为生活奔波，无须再辛勤劳作，就可以得到自己想拥有的一切。这样，他们可以把干活的时间都用来享受安逸的生活。

奥芝玛看到桃乐丝那沉思的神情，就明白了她所

有的心思，她微笑着说："桃乐丝，不要乱想了，那绝对不行，你的想法不合理，也不会给所有的人带来幸福，反而会使世界变得毫无趣味可言。如果人人都可以挥舞银棒，满足自己的欲望，那么人们便不会努力工作，更不会有什么追求可言了。因为那个时候，世界对他们来说，根本不存在困难，人们经过艰辛劳动和认真思考才会实现梦想的快乐也会就此消失。假如这个世界上真的无事可做，我们会和所有的人一样无聊，这可不是一件好事！桃乐丝，我们得去帮助那些不幸的人，这才是生活的意义所在。"

桃乐丝问道："奥芝玛，身为仙女，你觉得自己幸福吗？”

“我当然很幸福，因为我可以用仙术使他人获得幸福，这就是我存在的意义。如果没有臣民需要我的帮助，没有国家需要我来管理，我肯定会因无聊而难过。最重要的是，我虽然是奥兹国魔法最强大的仙女，但是我的内心却没有格林达那样强大，而且她学习过许多我一无所知的魔法。其实，矮小的奥芝魔法师所做的事情，我也未必都可以做到，同样，我可以做到的事情，他也未必都能做到。不管怎样，我们总是有自己无法做到的事情。毕竟，我的魔法只是简单的仙术，它不是巫术，也不是真正的魔法。”

桃乐丝说道：“不管怎样，我都很开心，因为现在你变出来的这些帐篷、晚饭以及温暖的床铺，都是我此时非常需要的东西。”

奥芝玛开心地笑了。

她说道：“这就是仙术的奇妙之处，并不是所有的仙女都可以掌握这种法术，而且，有些仙女的法术也会令我感到很神奇，正因为如此，我们才会很谦虚。事实上，我们每位仙女的法术都是互相牵制的，每个人都只会其中一点。我并不期盼自己成为样样都懂的人。桃乐丝，不管是神奇的自然界还是伟大的人类智慧，都存在许多令我们感到惊讶的东西。”

奥芝玛一口气说了这么多，桃乐丝并不能完全体会其中的意义，于是她们只好停止讨论这个话题。她们刚刚吃过饭，一眨眼，桌子连同上面的一切就消失不见了，真是令桃乐丝震惊之极。

桃乐丝笑着说：“其实，最幸福的事情就是我们吃了东西，还不用洗刷碟子！我想如果人人都可以掌握这个魔法，那倒是可以节约不少时间。”

之后，奥芝玛对桃乐丝讲了很多故事，故事里有各种各样有趣的人和动物，她足足讲了一个多小时。快要睡觉的时候，她们脱掉衣服，爬到柔软的床铺上，不一会儿便呼呼大睡了。

第五章

魔法阶梯

清晨，阳光照耀着万物，平顶山似乎就在眼前，但奥芝玛和桃乐丝知道，她们前面的路还很长很长。她们刚刚穿好衣服，就出现了一桌热气腾腾的可口的早餐。吃过早餐，她们走出帐篷，向着平顶山走去。走了一小段路，桃乐丝回头一看，那顶帐篷早已消失不见了，虽然这一切都在她的意料之中，但她还是觉得很神奇。

桃乐丝问道：“你能用魔法变出一匹马和一辆马车来吗？或者一辆汽车也可以。”

奥芝玛摇摇头说：“亲爱的，我不能完成你的心愿，我的魔法没有那么神奇。”

桃乐丝想了一会儿，失望地说：“也许格林达可以做到吧。”

奥芝玛说：“格林达有一辆鹳车，可以带着她在空中任意飞翔。但是，我们这位伟大的女巫也变不出其他的代步工具来。记住我昨天晚上说过的话，没有一个人的法术是万能的，也没有一个人可以做所有的事情。”

桃乐丝恍然大悟：“在奥兹国住了那么久，我也知道你所说的事情。我不会法术，自然也不知道你、格林达还有奥芝魔法师所掌握的法术到底都是什么。但是，我还是很好奇你们是怎么做到这一切的。”

奥芝玛笑着说：“桃乐丝，其实你也拥有一样魔法——你懂得如何赢得所有人的心。”

桃乐丝想了一下，谦虚地说道："奥芝玛，我不知道自己如何才可以做到，即使我可以做到，也要很卖力才行。"

她们一直走呀走，足足走了两个小时，才走到平顶山的山脚下。这时，她们抬起头来，看到平顶山的山壁很陡峭，如同墙壁一样光滑，无法攀缘。

桃乐丝看着山顶担忧地说："真是陡峭险恶啊，我相信，这样的山顶就连我的粉色小猫也爬不上去。"

奥芝玛却说："平头人的伟大之处就在这里——他们可以上下自如，否则他们就没办法跟斯基泽人打仗，甚至无法跟他们见面。"

桃乐丝说："奥芝玛，我们不如围绕着这座山转一圈儿，说不定可以找到登山的阶梯。"

这座山很大，她们围绕着它转呀转，走了很远的路，一直走到棕榈树的另一边，她们竟然发现岩石墙壁上有一个入口——这个入口有一人高，看上去并不深，她们钻了进去，看到一条石头阶梯。

"哇！我们终于找到上山的路了。"奥芝玛惊喜地说道，两个女孩继续向着入口前进。突然，她们撞到了什么上，就此无法动弹，也根本无法前行了。

"天哪！"桃乐丝惊慌失措地叫道，她揉着自己的鼻子，因为她的鼻子刚刚被一个无比坚硬的东西碰了一下，但她却看不清这坚硬的东西究竟是什么，“看来上山也不是一件容易的事情，是什么东西挡住了我们的去路呢？奥芝玛，是魔法的力量吗？”

奥芝玛伸出手，四处摸了摸。

“是的，这就是魔法的力量。平头人必定有一条路从这平原上直通到山顶，但是他们为了阻止他人从阶梯上攀缘上去征服他们，就在这入口不远处建造了一堵石墙。这些石头虽然是用水泥浇筑而成的，但他们却用魔法把石墙变成了隐形的。”

桃乐丝不解地想：“他们为什么要这样做呢？石墙本身就可以阻挡人们上山，费尽心机地把它变成隐形的墙壁，又有什么意义呢？在我看来，倒不如让所有的人都看到它，这样不就可以阻止人们走入其中了吗？唉，也许每一个想走上阶梯的人都会面临同样的困境吧！”

奥芝玛也皱着眉头陷入了沉思，过了一会儿，她说道：“我明白他们为什么要把这石墙变成隐形的了。平头人就是靠这条石梯上上下下的，如果放一堵石墙挡在入口处，他们就会被困在山上，没办法走下山，更不可能走到平原上。所以他们只好单独开辟了另一条路，但是如果所有的人都可以看到这堵墙壁，他们就会绕着墙壁寻找新的入口，这堵墙壁的存在也就没意义了。所以精明的平头人把这墙壁变成了隐形的，他们相信任何人走进其中，都会像我们刚刚那样直接走向入口，也会被困在这里无法前进。而且眼前的这堵墙壁又高又厚，任何人都无法将它推倒或者凿通，所以人们只能掉头，离开这里。”

桃乐丝说：“假如真的如你所说，有一条路可以绕过这堵墙壁，它又在哪里呢？”

“我们得赶紧找到这条路。”奥芝玛顺着墙壁摸索，桃乐丝紧紧地跟在她后面。奥芝玛离开入口，走了将近四分之一的距离，还是没有找到那条路，桃乐丝有些失望了，然而就在此刻，这堵隐形的墙壁突然拐弯向着山边转去，竟然到头了！在墙壁和山之间有一处空隙，正好可以随意出入一个人。

于是，她们一前一后地走了进去，奥芝玛长舒了一口气，她们终于顺利地通过了障碍物，可以回到入口处了。之后的路，她们走得也很顺利。

“奥芝玛，我相信人们遇见刚刚那座隐形的墙壁，多半都会离开这里。如果只有我一个人，我肯定早就放弃了。”桃乐丝感慨地说。

到了入口处，她们登上石梯，沿着一条从岩石中间开辟出来的小路，向上爬了十个台阶，又向下走了五个台阶。这条石阶是那么狭窄，只能容下两个女孩并肩而行。走到台阶的下面，小路转向了右边，她们顺着小路又走了十个台阶，爬到了山顶上，又看到五个向下的台阶。小路突然拐弯儿了，朝向左边的台阶，又有十个向上的台阶。

她们不停地向上十阶，向下五阶，拐一个弯儿，向左或者向右，就这样行走了一段时间后，桃乐丝突然意识到，她们每一次重复这样的步骤，实际上只前进了五阶。

桃乐丝对奥芝玛说："这些平头人真是有趣，看来他们做任何事情都不会直来直去，这条路竟然被他们修成了这样，多浪费时间啊！我想平头人走起这段路来，也应该会很累的。"

奥芝玛回答道："你说得对，但这恰恰正是平头人的聪明之处，这样毕竟可以阻挡外人的入侵。每当我们走向一段阶梯的第十阶时，我们的脚就会踩响山顶上的铃，它会自动地向山上的平头人发出警报。"

桃乐丝惊讶地问："你怎么会知道这些呢？"

奥芝玛说："我们刚刚踏入这座山的时候，我就听到了铃声。我手里握着银棒，自然可以听到来自远方的声音，但我想你是无法听到的。”

“除了这些铃声，你还可以听到山顶上的其他声音吗？”桃乐丝问道。

“听见了。人们都在紧张地相互交换信息，还有许多脚步声在山顶上疾奔着，一起汇聚到我们将要到达的地方。”

桃乐丝一听，有些担忧地说：“我一直以为我们要去看的就是普通人，没想到他们会这样聪明，还懂得魔法。奥芝玛，看来他们很不平凡啊，早知如此，我们还不如待在家里休息呢。”

最后，这段上阶梯、下阶梯的路程总算结束了，两个女孩的头顶上终于出现了阳光，奥芝玛把银棒放回到胸口处。她们走完最后十个台阶，就来到了山顶上。只见一大群怪模怪样的人围绕着她们，吃惊地看着她们。两个女孩停下脚步，惊讶得不敢说话，她们仔细地打量着眼前的这些人。

那一刻，桃乐丝总算明白了，人们为什么要称他们为平头人——他们的头顶真的很平，脑袋像被砍掉一半一样。他们的头顶是秃的，没有一根头发。一双招风耳很大，鼻子又扁又平，嘴巴的模样还算中看，跟普通人相像。他们还有一双大眼睛，非常明亮，闪烁着紫罗兰的光芒。

他们身上穿的衣服是由金属做成的，全是小块的金、银、锡、铁圆片，如同硬币般大小，很薄。这些金属圆片被精致地串成一圈儿，做成了男人的裤子和夹克，女人的裙子与背心。这五颜六色的金属片的形状也有所不同，既有条纹形的，也有方格形的，把衣服衬托得更加光彩夺目。此时，桃乐丝的脑海中突然闪现出古时候全身盔甲的骑士模样。

其实，除了那奇形怪状的头部之外，这些人的长相并不难看。他们手持弓箭，金属腰带里插着精致的小斧头。这些平头人没有戴帽子，身上也没有佩戴任何装饰品。

第六章

平顶山

这群平头人看到只是两个女孩，便放下心来，朝后面退去，想让她们仔细观察一下平顶山的模样。这个山顶如一个茶碟，任何人站在山脚下面的平原上，都无法看清山上的房屋和其他的建筑物：它们都是由岩石堆砌而成的。

这时候，迎面走来一个大胖子，他直接站在两个女孩面前，粗声粗气地呵斥道："你们是怎么来到这里的？是不是斯基泽人派你们前来探秘的？"

"我是奥芝玛公主，奥兹国的女王。"奥芝玛说道。

没想到这个胖子却仰首大笑起来："我可从未听说过什么奥兹国，你说什么就是什么吧，反正对我而言都是无所谓的。"

"你站的这片土地就是奥兹国国土的一部分，所以奥芝玛公主所统治的奥兹国中就包括你们。"桃乐丝说道。

这一次，不仅胖子狂笑不止，他身边的人也跟着一起笑了起来。

人群中有人喊叫起来："你最好不要对我们的大王说什么统治平头人，你还没这个资格。朋友们，你们说呢？"

"对啊！你还没这个资格！"周围的人起哄道。

"谁是你们的大王呢？"奥芝玛问道。

"好吧，不如让他亲自来告诉你。你们来到这里就已经触犯了我们的法律，且不管你们是谁，大王肯定要定你们的罪。走，跟我走吧！”

他踏上了一条小路，奥芝玛和桃乐丝紧随其后，她们真的很好奇，这样奇怪的地方会存在怎样一位大王。这一路跟过去，只见路边的屋舍都清新宜人，每一幢房屋的旁边都有一处小院落，里面种植着蔬菜和花儿。每一户人家都被岩石墙壁巧妙地隔开了，那些林间小路上铺着平滑的岩石板。聪明的平头人把岩石运用到了生活的各个角落。岩石是这里唯一的建筑材料。

在“大茶碟”的中心，坐落着一幢很大的建筑物，领着她们前来的平头人说，这里就是平头人大王的宫殿。他又领着她们穿过一个门厅，进入一个很大的会客厅，让她们在里面的石椅上坐下来，等待着大王的到来。不一会儿，大王就从另外一个房间里走了出来，原来大王不过是一个瘦骨嶙峋的老平头人，他的衣着打扮和其他的平头人无异。唯一的区别是，他的脸上多了几分狡猾，眼睛一直半闭半睁着，从眼缝里上下打量着奥芝玛和桃乐丝。两个女孩则毕恭毕敬地站了起来，迎接他的到来。

奥芝玛问道：“你就是平头人的大王吗？”

他慢慢地搓了搓双手，回答道：“我就是。在这里，我说的话就是法律，我就是这平顶山上的大王！”

奥芝玛自我介绍道："我是奥兹国的奥芝玛公主，我从翡翠城来到这里……"

大王立刻打断了她的话："先等一等，出去吧，费罗小首领！去做你的事情吧，这两个陌生人我来对付，你去看好阶梯。"他命令道。那个小头目恭敬地鞠了一躬，就悄悄地退了下去。

桃乐丝很好奇地问："难道他也是个首领？"

"是的，平顶山上的每个人都是首领，他们每天都在尽心尽力地管理着每一个部门，我对他们很放心。我是这里的大王，掌管着这里的一切，我们平头人每年都要选举一次。这是一个很公平的地方，人人都有权利选举他们的统治者。许多人都很想当大王，但是法律是我制定的，所以每次都是我来统计选票，大王自然每年都是我了。”

奥芝玛问道：“你叫什么名字呢？”

“我叫追督，我刚刚把那个小首领支开，是因为我听说你是奥兹国的奥芝玛，我听说过翡翠城，我知道你是谁。不过，这平顶山上也许只有我听说过你，因为我比这里所有的人都要聪明一些。”

桃乐丝一动不动地盯着追督，好奇地说道：“真不明白你为什么会有脑子？因为你们的头好平，装脑子的那个位置根本看不见。”

“你这样想，我并不怪你。之前，平头人的确没有脑子，我们的脑袋根本没有上半部，所以无法盛装脑子。很久以前，一群仙女路过这里，把这里变成了一片仙境。仙女们来到平顶山上，发现平头人无比愚笨，根本无法思考，她们很失望。其中，罗兰王后看到我们的头部无法盛装脑子，就给了每个人一个很好的铁罐用来装脑子，我们可以把它们放进我们的口袋中。看看，这就是那个铁罐。”他一边说，一边从口袋里掏出一个闪烁着耀眼的光芒的铁罐，上面贴着红色标签，标签上有一行小字：“平头人浓缩的脑子，质量上等。”

桃乐丝问道：“每个平头人都有一个这样的脑子？”

“当然，我们的脑子一模一样。瞧瞧，这里还有一

罐呢！”他一边说，一边从其他的口袋里掏出另一个铁罐。

桃乐丝大吃一惊：“莫非那些仙女给了你两个脑子？”

“不是，你的想象力太丰富了。一个平头人想做我的角色，他肆意煽动周围的人一起造反，占有我的一切，毁灭我的力量。为了惩罚他，我拿走了他的脑子。一天，我的妻子和我大吵了一架，我同样拿走了她的铁罐。可是这个女人很不满意我的做法，她跑到外面，抢了另外一个女人的脑子。从此之后，我制定了一条法律——不管是谁，只要他敢偷窃别人的脑子，或者是借用其他人的脑子，他的脑子就必须由追督保管。自此，所有人都心安理得地抱着自己的那一罐脑子，死死地守护着他们的铁罐。在这座平顶山上，只有我和我妻子不止拥有一罐脑子。我有三罐脑子，所以我很聪明！算了，我还是实话实说吧，你们也许认为我在自夸，其实我是一个很好的法师。我的妻子有四罐脑子，所以她成了一个非常了不起的女巫，不幸的是，那些斯基泽人——我们可怕的敌人，把她变成了一头金猪。”

桃乐丝立刻惊呼道：“天哪！实在太可怕了，你的妻子不会真的是一头金猪吧？”

“现在她确实是的，都是斯基泽人把她弄得那么惨的，所以我必须向他们宣战。我要报仇雪恨，消灭他们的魔岛，让那些该死的斯基泽人来做我们平头人的奴隶，生生世世不得翻身！”

现在的追督气愤得不能自已，他的眼神中流露着凶狠的光芒，脸上更是一副邪恶的模样。看到他不能自控，奥芝玛友好地对他说：“你的话真让人担忧啊！可是，你不妨把你和斯基泽人之间的矛盾给我详细地说一遍，说不定我可以帮到你。”

虽然奥芝玛的样子只是一个普普通通的女孩，但是她的话语之中却流露着一股威严，让追督莫名其妙地信任和服从她的安排。

“你真的是奥兹国的奥芝玛公主吗？”他问道，“如果你是的话，你应该就是那群由罗兰王后所率领的仙女中的一位，她们把奥兹国变成了仙境。据说，罗兰王后把她最喜爱的一位仙女留了下来，由她来统治伟大的奥兹仙境，她就是美丽而善良的奥芝玛公主。”

奥芝玛公主问道：“既然你知道这个故事，为什么一直没有去翡翠城，向我表达你的忠诚呢？”

“其实我也是最近才知道这件事情的，我每天都要忙着处理很多事情，请原谅我无法脱身。”这位平头人解释这些的时候一直盯着地板，不敢看奥芝玛的眼睛。

奥芝玛看出来他在说谎，但她并不想继续追问，转而问道：“你为什么要对斯基泽人发动战争呢？”

追督一听，立刻来了精神，他说道：“说来话长。我们平头人喜欢吃鱼，但是山上却没有鱼，于是我们只好去斯基泽湖捕鱼。这惹得斯基泽人无比气愤，他们说那湖中的鱼属于斯基泽人，受他们的保护，他们百般阻拦我们去捕鱼。不得不承认，斯基泽人实在太贪婪了，而且他们的做法很卑鄙，很不友好，我们才决定反抗他们的禁令。但是，斯基泽人也找出了对策——他们在湖岸边布置了警卫，阻止我们去捕鱼。

“我的妻子罗拉是一个拥有四罐脑子的人，她是一个非常了不起的女巫师，她尤其爱吃鱼肉，因为鱼肉补脑，会让人变得更聪明。所以，她发誓除非斯基泽人同意我们随意捕鱼，不然她就会杀掉湖泊中所有的鱼。可恶的斯基泽人并不在乎我们的话，于是罗拉决定报复他们。一天晚上，她准备了一桶毒药，去到斯基泽湖，她准备把药统统倒进湖泊中，如此一来，鱼就会全部被毒死。我的爱妻真是聪明绝顶，这个主意真的很棒！但是斯基泽女王库伊欧——一个年轻的女巫，当时正巧藏在湖岸边，还没等罗拉倒药，她就一把抓住了罗拉，把我的妻子变成了一头金猪。毒药洒了一地。虽然我可怜的妻子被残忍地变成了一头金猪，但恶毒的库伊欧女王依旧不肯放过她，她还拿走了我妻子的四罐脑子，所以罗拉变得无比愚蠢，她甚至早已忘记了自己的名字，多么可怜啊，那头没有脑子的金猪！”

奥芝玛沉思了一会儿，说道：“这样来说，斯基泽女王肯定是一位女巫。”

追督点点头，说道：“是的，但是她的法术并不高明，而且她的本领并不及罗拉，甚至还不及我的一半。等我们正式打起仗来，我消灭库伊欧女王的时候，我会向大家证明这个事实。”

“可是那头金猪再也无法变身为女巫了。”桃乐丝想了一会儿，又继续说道，“就算库伊欧女王还给她四罐脑子，她也无法再施展任何法术了。女巫只需要用手指点一点，就可以施展法术，而猪只有猪蹄，她该怎么办呢？”

“这真是一个不幸的故事！”奥芝玛说，“一切灾难的根源就在于平头人企图得到不属于他们的鱼。”

追督一听，立刻愤愤不平地说：“我不认同你所说的，我制定过法律，规定我们平头人可以随心所欲地到斯基泽湖去捕鱼。所以，我认为这场战争的根源在于斯基泽人竟然敢蔑视我制定的法律。”

“你只能制定平头人的法律，只有我才有权力制定奥兹国的人们都必须服从的法律。”奥芝玛厉声说道。

“我呸！呸！”追督不屑一顾地说，“实话告诉你吧，别想让我服从你的任何法律。你究竟有什么本领，我心里很清楚，奥芝玛公主，我的法术比你厉害多了。我要把你和你的朋友关在这平顶山上，直到我和斯基泽人打完仗，直到我征服了那个国家之后，我再来跟你们炫耀。到那个时候，如果你们不干涉我的话，我会保证你们的安全。”

这个猖狂的家伙在美丽的奥芝玛公主面前，竟然如此目中无人，竟然如此放肆无礼。桃乐丝被激怒了，她愤怒地盯着他，因为直至今日，还没有任何人敢违背奥芝玛公主的意愿。

她看向奥芝玛公主，公主看上去依旧很平静，她威而不怒地看着追督说：“你刚刚说的话我可以不计较，毕竟你现在很愤怒，说话不经思考。我从奥兹国的翡翠城赶到这里，就是想阻止你们和斯基泽人之间的战争，以避免你们两败俱伤。我当然反对库伊欧女王把你的妻子罗拉变成金猪的残忍行为，我更反对罗拉要毒死斯基泽湖中那些鱼的邪恶念头。在我的统治领域，不经过我的同意，任何人不得施展魔法。所以，平头人和斯基泽人都违背了我的法律，而我制定的法律，大家一定要遵从。”

追督想了一下，说道：“如果你真的想维持和平，

主持公道，就让斯基泽人恢复我妻子原来的模样，把她的四罐脑子还给她，还得让他们同意我们到斯基泽湖里去捕鱼。”

奥芝玛一口否决了：“不行！我不能这样做，这样对其他人太不公平了。我可以让那头金猪恢复成原来的模样，并且给她其中的一罐脑子。但是，另外三罐必须归还给别人。你们也不能再去斯基泽人的湖泊里捕鱼，因为那是他们的湖泊，鱼也是他们的，这样才公平。你们必须遵守奥兹国的法律，明白了吗？”

追督大声喊道：“绝对不行！”恰巧此时一头金猪跑了过来，她的嘴巴里发出愤怒的哼哼声。这是一头用纯金做成的猪，在她脚的弯曲处、她的脖子和上下颌都连接得很巧妙。更奇妙的是，她的眼睛是由红宝石做成的，那象牙做成的牙齿非常光洁无瑕。

追督愤怒地喊道：“你们两位，瞧瞧，这就是库伊欧女王的伟大‘作品’。我说了，你们无法阻止我对斯基泽人发动战争。这头愚蠢的每天只知道哼哼的畜生就是我的妻子，她之前可是我们平顶山最美丽的女人、最高明的女巫。现在，你们瞧瞧她的模样，多么糟糕啊！”

金猪哼哼的声音连在一起，形成模模糊糊的一句话："向斯基泽人发动战争，跟斯基泽人大战一场，跟斯基泽人打仗去吧！"

平顶山大王也愤怒地喊道："我要跟斯基泽人打仗，即使奥芝玛来阻止我，我也一定要攻打斯基泽人，我要出一口气！"

奥芝玛却坚定地说："只要有我在，我就会阻止你们发动战争！"

"你无法阻止我们，鉴于你此刻对我的威胁，我只好把你们关进那深不见天日的铜牢中，直到我们的战争结束。"追督说完吹了一声口哨，立即走进来四个强壮的平头人，他们手持长矛、斧头，对追督毕恭毕敬地行了一个礼。

追督对着四个人说："快点儿抓住这两个女孩，用最结实的金属线捆起她们，把她们关进铜牢房内。没有我的允许，谁也不准擅自放走她们。"

四个平头人深深地鞠了一躬，其中一个平头人疑惑地问道："我们尊敬的大王，您说的那两个女孩在哪里呢？"

追督这才慌张地转过头来，看向刚刚奥芝玛和桃乐丝站立的地方。此刻，那里空空如也，她们竟然消失不见了！

第七章

魔　岛

奥芝玛公主知道自己无法劝服平顶山大王，所以她一直在思考如何从他手中逃脱。她知道他的法术很强大，当追督威胁说要把她和桃乐丝关进铜牢房的时候，她已经把手伸向胸口，抓住了那根银棒，她的另一只手则抓着桃乐丝的手。她做的这一系列动作都很自然，追督丝毫没有留意到。然后，当他转身和四个强壮的士兵说话的时候，奥芝玛立刻把自己和桃乐丝变成了隐形人，她们飞快地绕过那群人，赶紧跑出了房间。直到她们走到来时的入口处，走下了石梯，奥芝玛才悄悄地说："亲爱的桃乐丝，现在我们是隐形人，没有人能够看到我们，快点儿跑吧！"

桃乐丝明白了奥芝玛公主的意思，她跑得飞快。在她们来时攀登平顶山的时候，奥芝玛就已经做好了记号，她牢牢记住了通往平原大石梯梯口的路，所以她们径直奔向那里。一路上，她们遇见了一些平顶山的士兵，两个女孩想办法一一避开了他们。其中有一两个平头人听到了她们的脚步声，他们不由得停下脚步，四处寻找，但是谁都没有看到这两个隐形人，也没有人可以阻止她们前进。

待追督反应过来，和他的部下飞快地去追，就在她们跑向石梯的紧张时刻，他们眼看就要追上她们了。不巧，那头金猪冲了过来，一下子把追督绊倒了，后面的四个人又被绊倒在追督身上，这几个人摔成了一堆。等他们爬起来，赶到石梯那里，两个女孩早已逃之夭夭。

其实，石梯边就站着两个平顶山士兵，但是，他们根本看不到已经隐形的奥芝玛和桃乐丝，她们迅速地从他们身边跑过去，跑下石梯。然后，如同上山时候的节奏，她们上五阶石梯、下十阶石梯，再上五阶石梯、下十阶石梯。奥芝玛用银棒的光芒为她们照明，就这样，两个女孩一口气跑到了山下。然后，她们朝着右边走去，绕过那堵隐形的墙壁。正在此时，追督和他的部下冲了出来，他们走到拱形的入口处，四处寻找她们。

当奥芝玛确定她们已经脱离了危险时，她们才停下脚步，坐在草地上喘气，桃乐丝心想：还好，我终于结束了疯狂的奔跑！

追督没有逮到奥芝玛和桃乐丝，他立刻转身走上了石梯。此时的他异常气愤，他生自己的气，生奥芝玛的气，因为他自以为法术比奥芝玛高强，他也拥有足够的时间去化解隐形术，他完全可以在一瞬间让两个女孩显现出来。但是，当时他是那么着急，以至于忘记了施展法术，让两个女孩轻而易举地逃跑了。即使后悔也来不及了，他打算做好一切准备，然后安排他的部下下山，与可恶的斯基泽人决一死战。

当桃乐丝和奥芝玛休息好了以后，桃乐丝问：“我们下面该做什么呢？”

奥芝玛坚定地回答：“我们去找斯基泽人吧！通过与追督的对话，我感觉斯基泽人应该善良一些，说不定可以与我们做朋友。如果我们及时找到斯基泽人，我们可以帮助他们一起打败平头人。”

当两个女孩向那排棕榈树走去的时候，桃乐丝说：“看来我们是无法阻止这场战争了。”

“是的。因为追督下定决心要和斯基泽人一决胜负，我们唯一能做的就是去给斯基泽人报信，并且尽最大的能力帮助他们。”

“帮助斯基泽人就是在惩罚平头人！”桃乐丝说道。

“我认为应该把普通的平头人和他们的大王区分开来，那个大王才是最该被惩罚的人！”奥芝玛说道，“如果消除他的魔力，平头人就不会这样鲁莽了，他们也许会尊重奥兹国的法律，与周围的部落和睦相处。”

显然，桃乐丝并没有信心，她叹了口气说：“希望如此吧。”

那排棕榈树并不远，两个女孩走得飞快，不一会儿，她们就来到了那三排树的下面——高大的棕榈树紧紧相

连，生长在一起。最初种植这三排树的人，是为了阻止别人从这里通过，聪明的平头人从这道屏障中砍出了一条路，幸好奥芝玛发现了它，她领着桃乐丝从中间穿过，走到另外一边。

她们发现棕榈树后边是一片非常美丽的风景——翠绿的草坪围绕着一个湖泊，它足足有一英里宽，湖水湛蓝且闪烁着微微的光芒，当微风吹过，湖面上会荡漾起层层涟漪。湖泊的中心有一座小小的岛屿，被一个巨大的圆形建筑物所覆盖。这个建筑物有漂亮的玻璃墙，高高的玻璃圆顶，在阳光下熠熠生辉，闪烁着夺目的光彩。这座美丽的玻璃建筑物和岛屿的边缘之间并没有花草树木，只有一片白茫茫的大理石，岸边并没有船只，岛屿上也没有人走动。

桃乐丝看着这座小岛，说道："我们终于找到了斯基泽人的湖泊和他们的魔幻之岛，我想斯基泽人应该住在那座玻璃城里吧，但是我们却无法到达那里。"

第八章

库伊欧女王

奥芝玛紧皱着眉头，一脸严肃地思考着眼前的形势。过了一会儿，她用手帕裹住银棒，如同挥舞旗帜一样，挥舞着手

中的手帕，并以此作为信号。尽管奥芝玛满怀期待地挥舞着银棒，却没有得到任何回应。

桃乐丝失望地说："这样有用吗？就算斯基泽人知道我们很友善，看出我们的诚意，但是他们并没有任何反应啊，根本没有船只过来接我们。"

两个女孩的眼睛都盯着那座玻璃建筑，才发现斯基泽人根本不用船只。就在一瞬间，玻璃建筑物的底部出现了一个裂口，从那个裂口处伸出一根细细的钢条，慢慢地沿着水面向着她们稳稳地伸了过来。这钢条好像是三角形的，底面贴着湖水，从宫殿的玻璃墙壁上伸出来，钢条一头在湖泊的岸边，一头在岛屿上。

之后，钢条变幻成了桥的形状，窄窄的钢桥面只能容纳一个人行走在上面，钢桥的两边还有细细的栏杆。这座桥摇摇晃晃，看起来并不牢固，桃乐丝很担心它承受不了她们的重量，奥芝玛却信心满满地说：“快走吧！”说完，她紧紧地抓住钢桥两边的扶栏，准备走过桥面。于是，桃乐丝鼓足了勇气，跟着她走了过去。奥芝玛走了不到三步，就无法前进了，因为那座桥开始摇晃起来，并且向岛屿上退回去，桃乐丝也只好停下了脚步。

奥芝玛立刻悟出了其中的缘由：“看来我们只要原地不动就行了。”于是，她们一动不动地让钢桥把她们带到了岛屿上。就这样，她们来到了那座覆盖着玻璃建筑物的岛屿，接着被带进一间大理石的房间里，两位衣着华丽的年轻人站在一处平台上，好像在迎接她们的到来。

奥芝玛立刻从钢桥的一头跳到大理石的平台上，桃乐丝紧随其后。随后，钢桥发出轻轻的响声，慢慢消失了，一块白色的大理石板盖住了钢桥刚刚伸出来的那个洞口。

那两位年轻人向奥芝玛深深鞠躬，其中一个绅士地说道：“亲爱的陌生人，我代表库伊欧女王欢迎你们的到来。此刻，陛下正在王宫里等待会见你们呢。”

奥芝玛公主客气地说：“那就有劳你带路吧。”

可是，这两个年轻人却没有为她们“带路”，倒是大理石平台轻轻地上升起来，把她们向上面送去，穿越了一个小小的方洞。不一会儿，她们就来到了那座玻璃圆顶的建筑物里。

走进其中，两个女孩才发现这个大圆顶竟然是一个小小的村落，这里面有房子、马路、花圃以及美丽的公园。房屋是由彩色的大理石制作而成的，设计得很巧妙，里面有许多漂亮的彩色玻璃，马路和公园也被安排得很合理，一看就是有人在精心照料。在那高

伞的圆顶中心下面，有一座美丽的小公园，怒放着鲜艳的花朵；还有一处精致的喷泉，喷洒着光洁的水花。公园的对面是一座漂亮的建筑物，它比其他建筑物更加雄伟、壮美。两个年轻人陪着奥芝玛和桃乐丝朝这座建筑物走过去。

这里的马路上、门洞中还有窗户里，都站满了人，他们衣着华丽、神态严肃，而且流露出一种惶惶不安的感觉。奥芝玛觉得这里的人们和奥兹国的人们有着天壤之别，在奥兹仙境里，每个人都是一副心满意足、兴高采烈的模样。这里的人们虽然拥有漂亮的房子、衣服和美食，但桃乐丝却能看出他们生活得并不幸福，也不快乐。她沉默地看着这些斯基泽人，什么话也没有说。

在王宫的入口处站立着两个年轻的小伙子，他们毕恭毕敬地迎接奥芝玛和桃乐丝的到来。他们穿着威武的制服，手持奇形怪状的武器——它既不像手枪，也不似长枪，比手枪长一点儿，比长枪短一些。带路的小伙子朝奥芝玛深深地鞠了一躬，便走开了，这时又走来两位穿着美丽制服的女孩，把她们领进了王宫。

在一间华丽的觐见室里，坐着华贵的斯基泽女王库伊欧，她的身边簇拥着十几个男人和女人。库伊欧也是一个女孩，看样子比奥芝玛和桃乐丝要大一些。虽然她衣着华丽，穿得像是要去参加舞会那般隆重，但她长得过于瘦弱，并不漂亮。不过，库伊欧女王很骄傲，她的举手投足之间都透露出一股自命不凡的味道，显得傲慢无礼。桃乐丝并不喜欢库伊欧，她也不愿意跟她成为朋友。

库伊欧女王满头乌发，皮肤雪白，眼睛黑亮。当她冷冷地用眼睛上下打量奥芝玛和桃乐丝的时候，那眼神中满是抗拒的意味，但是她依旧用平静的语气说道：“我知道你们是谁，我请教过《魔谕之书》，它告诉我，你们其中一个是奥芝玛公主——统治着整个奥兹国，还有一个女孩是桃乐丝公主——来自堪萨斯。很遗憾，我对奥兹国和堪萨斯这两个地方一无所知。”

桃乐丝立刻不满地说道：“可是，这里就是奥兹国啊！不管你承认与否，斯基泽湖就是奥兹国的一部分。”

“是吗？”库伊欧女王冷笑道，“我猜你会继续说，这位统治奥兹国的奥芝玛公主也掌管了我的命运。”

桃乐丝点点头，毫不含糊地说：“当然，这是不容怀疑的。”

库伊欧女王转向奥芝玛问道：“你敢这样抬举自己吗？”

奥芝玛已经看透了库伊欧性格中的傲慢无礼——她自命不凡地认为自己比任何人都要高贵。

于是，奥芝玛公主心平气和地说道：“尊贵的陛下，我来到这里，并不想与你争论谁才是这里的统治者。我是谁，我拥有什么，你毋庸置疑，我的权力是仙女罗兰王后所赋予的，当年她率领众多仙女把奥兹国变成仙境的时候，我就是其中的一位仙女。富饶而辽阔的奥兹国拥有不同的部落，每个地方都有不同的统治者，他们自封为国王、皇帝或者女王，我都可以不计较。但是，他们必须遵守奥兹国的法律，承认我才是奥兹国的最高统治者。”

“如果其他部落的国王和女王支持你这样愚蠢的行为，我无话可说。但是，在斯基泽的大地上，我才是唯一的统治者，是至高无上的女王。假如你想劝说我服从你的安排，服从你的统治，我告诉你，不要再妄想了！”库伊欧女王傲慢无礼地说道。

奥芝玛公主却依旧平静地说：“好吧，我们不要

继续谈论这个不开心的话题了。你的斯基泽岛正面临危险，有一位强大的敌人正准备来毁灭这里的一切。”

“你说的是那些平头人吧？我根本不害怕他们，就任由他们过来吧。”

“可是他们的大王懂得法术。”

“我的法术比他的更为强大，就让平头人过来试试看，我相信他们肯定再也回不到那座光秃秃的山顶上了，让我们走着瞧吧！”

听到库伊欧这样说，奥芝玛明白了一个事实——库伊欧正期待一场与追督的战争。奥芝玛的到来是为了让他们和睦相处，现在看来真是充满了讽刺意味。那一刻，奥芝玛公主突然很失望，因为当时听到追督讲的话，她还以为库伊欧女王肯定会比平顶山的大王更为友善、正直。直到此时，奥芝玛甚至还在期待女王只是表面上傲慢无礼，她的内心还是善良和友好的。所以，奥芝玛决定先顺从她的心意，因为她还是想赢得一个朋友和支持者。

奥芝玛公主真诚地说：“陛下，我不喜欢战争，我所统治的翡翠城里生活着成千上万的人民，在翡翠城附近的部落里生活的人们也乐意服从我的统治，听从我的管理。我所统治的地方没有军队，因为那里根本没有任何矛盾，无须战争。如果人们发生了争议，他们就会前来找我，让我主持公道，我也很乐意效劳。有一天，当我听说奥兹国两个偏远的部落有可能发生战争的时候，我立刻坐立不安，就着急地和朋友来到这里，想平息你们之间的争端，阻止这场战争。”

没想到库伊欧女王却依旧傲慢地说：“其实并没有人请你来做这件事情。如果真要平息这场战争，需要我去做，而不是你。你说我们斯基泽岛是奥兹国的一部分，我却不这么认为，因为我从未听说过奥兹国，也没有听说过你的名字。你非说自己是一位仙女，还编出了仙女们派你前来统治我的谎话，这未免太冠冕堂皇了！在我心中，你就是一个骗子，来到我们斯基泽湖惹是生非，这里的人本来就难以统治，求你们不要再添乱了！我猜测，你们两个女孩很有可能是平头人的邪恶间谍，想来算计我，你们的功力还不够！”斯基泽女王越说越激动，她从宝石座椅上站起来，继续说道：“我的魔法比任何仙女的都强大，打败平头人更不在话下。我不怕任何人的魔法！刚刚你说自己统治着成千上万的奥兹国人，我虽然只统治着101个斯基泽人，但是，只要我一声令下，他们都会瑟瑟发抖。此刻，又多了你们两位——奥芝玛公主和桃乐丝公主，我所统治的臣民就变成了103个，相信你们会屈服于我的魔法。假如我能够制伏你，也就意味着我将统治奥兹国那成千上万的人们。”

桃乐丝听到这狂傲自大的话语，不禁怒气冲天。

“我拥有一只粉色的小猫，平日里说话也喜欢用这样傲慢的口吻。后来，我找到了对付她的办法，那就是狠狠地抽打她一顿，从此之后，她再也不敢在我面前耀武扬威了。如果你知道奥芝玛公主究竟是谁，相信你肯定不会用刚刚的语气跟她说话，你肯定会被吓得不知所措。”

库伊欧女王用傲慢的眼神看着桃乐丝，然后她又转向奥芝玛公主，说道："实话实说吧，明天，平头人将来攻打我们，当然，我们也是有备而战。等战争结束了，我会把你们这两个陌生来者关押在岛屿上，让你们无处可逃。"

说完之后，库伊欧女王用威严的眼神扫了一下围坐在她宝座下面的大臣们，最终她把目光停在了一个年轻的女人身上。

"奥莉克丝小姐，把这两个女孩带回你家里，好好地照顾她们，不要怠慢。你可以让她们在大圆顶的下面任意走动，放心，这两个女孩是不会伤害别人的。等我们打败了平头人，我再来思考如何处置这两个傻女孩。"

女王陛下坐到了宝座上，奥莉克丝对着她毕恭毕敬地鞠了一躬，说道："陛下，交给我您就放心吧！"然后她转过头来，对奥芝玛和桃乐丝说道，"跟我走吧！"说完，她转身退出了这间华丽的觐见室。

桃乐丝看向奥芝玛，她本以为她会反抗，但令她失望的是，奥芝玛居然跟在了奥莉克丝的身后。桃乐丝只好委屈地紧随其后，在临走之前，她用傲慢、反抗的眼神看了库伊欧女王一眼，没想到，库伊欧女王并没有看她，更没有留意到她内心的不满和抗拒。

第九章

奥莉克丝小姐

奥莉克丝小姐带着她们顺着马路来到一座大理石房子里，它就位于玻璃大圆顶建筑物的旁边。一路上，奥莉克丝都沉默不语，径直把她们领到一个舒适宜人的房间里。桃乐丝很奇怪，因为路上遇见的所有人无不表情严肃，大家见面都不敢说话。

等两个女孩坐下，奥莉克丝询问她们是否饿了，她们点点头，奥莉克丝立刻叫来一个女仆，吩咐她送一些食物来。

奥莉克丝小姐看上去不过二十岁左右，虽然在这神奇的奥兹仙境中，人们的外貌永远不会衰老，可从她们那张年轻的面孔中你还是很难判断其真实的年龄。尽管奥莉克丝小姐像所有的斯基泽人一样不苟言笑，但她面容姣好，让人动心。大概因为她是女王的侍从，所以她的服饰异常华美高雅。

奥芝玛一直在观察着奥莉克丝小姐，她温柔地问道："你觉得我会骗你们的女王吗？"

奥莉克丝小姐却低声含糊地回答："我不敢断言。"

奥芝玛好奇地问："你们为什么不敢说话呢？"

"女王如果听到了她不爱听的话，就会惩罚我们。"

"可她现在并不在这里，你大胆地说吧。"

奥莉克丝小姐说："这座岛屿上的每一句话，女王都可以听到。哪怕仅仅是耳语，也逃不过她的耳朵。正如你所说，她是个了不起的女巫，如果有人不遵从她的命令，或者批评她，肯定会受到惩罚。"

奥芝玛看着奥莉克丝小姐，看出来她的内心深处还藏着一些话，不敢说出来。于是，奥芝玛从胸口掏出那根银棒，念起了咒语。之后她离开房间，围绕着屋子转了一圈儿，她挥舞着银棒，画出了神秘的曲线。

奥莉克丝小姐吃惊地看着她，等奥芝玛重新回到房

间里坐下后，奥莉克丝小姐问道："刚刚你在做什么？"

"我对这间房子施了魔法，在我所画的这个圈里，即使你们女王拥有再强大的法术，她也无法听到我们的对话。现在我们可以放心大胆地交流了，你也不用再害怕你们女王的责罚了。"

奥莉克丝小姐立刻来了精神，但她还是小心翼翼地试探着问："我可以相信你吗？"

桃乐丝安慰她说："人人都可以信任奥芝玛，她是一个真诚善良的仙女，你们傲慢无礼的女王侮辱了奥兹国的统治者，她肯定会后悔的。"

奥芝玛说："可是你们的女王并不知道我是谁，

奥莉克丝小姐，我可以告诉你一切，让你来认识我。现在请你告诉我，为什么斯基泽人看起来都惶恐不安呢？不用害怕库伊欧女王，请你放心，我们说的话她肯定听不到。”

奥莉克丝小姐沉默了一会儿，说道：“我相信你，奥芝玛公主，我相信你才是我们最高的统治者。如果你知道我们女王是如何残忍地惩罚我们的，你就不会为我们的不愉快而感到吃惊了。斯基泽人并不坏，他们不喜欢打仗、争吵，他们向来平和、友善，面对他们的敌人——平头人，他们也不愿多惹事端。但是，他们害怕库伊欧女王，宁愿卑微地忍受她的指挥，也不愿招她发火而惹一身麻烦。”

桃乐丝问道：“你们的女王难道没有善心吗？”

“她向来狠毒，除了自己，她不爱任何人。”奥莉克丝小姐说到这里，浑身发抖，她内心深处肯定还在害怕那邪恶的女王。

桃乐丝失望地摇了摇头，愤愤不平地说：“实在太坏了！奥芝玛，看来在这个几乎被奥兹国遗忘的角落，你还有许多事情要做啊！首先，你必须销毁库伊欧女王的魔法，更得销毁追督的魔法。他们两个人都不适合做统治者，他们太残忍、狠毒了。所以，你得让斯基泽人和平头人明白一件事情——这里是奥兹国的领土，他们是奥兹国的人民，必须服从奥兹国的法律，服从伟大的奥兹国女王。而且，你还可以给斯基泽人和平头人派来新的统治者。只有做好这一切后，我们才可以高枕无忧地回家。”

奥芝玛公主微笑着听完桃乐丝的建议，她陷入了沉思。但是，奥莉克丝小姐却惊慌失措地说：“真是令人震惊，你们现在是斯基泽岛的囚犯，却还在为我们着想。当然，这些事情迫在眉睫，必须得到改变。但是现在，一场可怕的战争就要开始了，我们即将遭受难以想象的磨难。我们的女王很自信，她以为自己可以打败追督，征服所有的平头人。据我所知，追督的法力固然高强，但自从他的妻子变成了一头金猪，他的势力削弱了许多。”

桃乐丝说：“她发动战争，我觉得理所当然。因为平头人太恶毒了，他们想要偷走你们的鱼，罗拉女巫更是想毒死湖里所有的鱼。”

奥莉克丝小姐问道：“可是他们这样做的原因，你知道吗？”

桃乐丝摇着头说：“我不知道原因，我想大概是因为他们的狠毒吧。”

奥芝玛说："拜托奥莉克丝小姐告诉我们真实的原因吧。"

"好的，陛下。在很久之前，斯基泽人和平头人和睦相处，我们都是很好的朋友。他们经常来我们的岛屿上做客，我们也常常去拜访他们。那时，平头人由三位大法师统治——她们都是美丽的女孩，她们不是平头人，但她们无意中去到那里，就住了下来。那三位大法师愿意用自己的法术来帮助身边的人，所以山上的人们都很喜欢她们，也乐意听从她们的安排。这三位大法师教会了平头人使用罐头脑子，用金属片制作不会穿坏的服装。在她们的管理下，平头人生活得快乐而满足。

"当时，我们的库伊欧女王并不会使用魔法，所以她也不像现在这样不可一世、傲慢无礼。三位大法师对她很好，就是她们为我们建造了这座漂亮的玻璃城，还有这座美丽的大理石房子，她们还教会了我们制作美丽的衣裳以及其他的生活用品。没想到，库伊欧女王早已起了嫉妒之心，她表面上假装很感谢三位大法师，暗地里却企图偷学到她们法术的奥妙之处。有一天，她邀请三位大法师前来斯基泽岛上用餐，就在她们开心地享用美食的时候，库伊欧偷走了她们的魔法以及魔法工具，还残忍地把她们变成了三条鱼——金鱼、银鱼、铜鱼。当这三条鱼在宴会厅无奈地挣扎时，其中一条鱼喘着气，绝望地说：‘库伊欧，你这样残忍、狡猾，肯定会受到惩罚的。如果我们中间的任何人死掉或被毁灭，你将立刻死掉！而且，你所偷走的魔法也将随之毁灭。’库伊欧听到这席话吓得要命，她立刻抓起那三条鱼，朝湖边跑去，把她们丢进了湖泊中。三位大法师游走了，也算得救了。

“我目睹了整个过程，当然，一些斯基泽人也看到了这惊悚的一幕。这个消息很快就传到了平头人那里，于是斯基泽人和平头人自此成为敌人。当然，平顶山上也只有两个人为三位大法师的失败而开心不已——那两个人就是追督和他的妻子罗拉。后来，他们成了平头人的统治者，还抢了其他人的罐头脑子，从而让自己变得更为强大。三位大法师遗留在山上的一些魔法工具，也被罗拉全部抢走了，就是靠着这些魔法工具，罗拉才成了一个强大的女巫。

“库伊欧的诡计并没有为平头人和斯基泽人带来任何快乐，反而使得他们遭受了空前的伤痛。追督和他的妻子对待他们的人民很残忍，库伊欧女王也学着他们的样子，似乎在和他们比赛看谁更凶狠。所有的斯基泽人都知道库伊欧女王的魔法是偷学而来的，所以她恨我们每个人，为了让我们臣服于她，她费尽心机地使我们在她面前唯唯诺诺，顺从她的每一个安排。如果我们稍有怠慢，或者惹她不开心，或者在家中谈论她的事情，她都会恼羞成怒，把我们绑到宫殿的抽鞭柱上，用带结的绳子拼命地抽打我们。我们都很害怕她，真的很怕……”

奥芝玛听完这个故事，不由得悲伤起来，桃乐丝更是气愤不已。

奥芝玛叹了口气说：“现在我终于明白了，为什么斯基泽湖中的鱼会引发他们之间的战争。”

奥莉克丝小姐说：“是的，这就是整个故事的经过，以及他们之间的纠葛。追督和他妻子来到我们的湖边，想要偷走银鱼，或金鱼，或者那条铜鱼。他们想捕捉到其中一条，然后毁掉她，这样的话，库伊欧女王就会失去她的魔法，他们就可以轻而易举地征服她。他们抓鱼的真正原因是：他们很怕三位大法师会想办法恢复原形，一旦她们恢复了法力，肯定会跑到山上狠狠地惩罚罗拉和追督。最后，罗拉打算毒死斯基泽湖里所有的鱼，所以库伊欧立刻把她变成了一头金猪。当然，他们企图杀掉所有的鱼这个举动真的吓坏了我

们的女王，因为只有三位大法师继续活下去，她才能安全地活着。”

桃乐丝说：“所以库伊欧女王肯定会拼尽全力与平头人大战一场。”

奥芝玛接着说：“而且她肯定会使出所有的魔法。”

奥莉克丝小姐平静地问：“我不明白平头人怎样才能来到岛屿上伤害我们。”

“他们有弓箭，我想他们应该会用箭射你们的大玻璃房子，打碎所有的玻璃。”桃乐丝说道。

奥莉克丝小姐却笑着摇摇头，她骄傲地说：“他们做不到。”

桃乐丝说：“请告诉我原因，好吗？”

“我不敢说，假如明天早晨平头人敢来应战的话，你们就会看懂其中的缘由。”

奥芝玛说：“我猜他们不会直接来进攻小岛，我相信他们肯定会用毒药或者其他方法，来杀掉湖泊中的鱼。如果平头人真的成功了，那么，他们毁掉这座岛屿定然不费吹灰之力。”

奥莉克丝小姐说：“没有用，因为他们没有船。更重要的是，库伊欧女王很早之前就开始期待这场战争了，她准备了许多恶毒的方法，做好了充足的准备。

其实，我很希望平头人能够胜利，那样的话，我们就可以从凶残的女王手中逃脱了。但是我又不希望由三位大法师变成的鱼被销毁，因为我们未来的幸福就寄托在她们身上。”

“不管怎样，奥芝玛都会帮助你们的。”桃乐丝安慰她，奥莉克丝小姐却流露出一种怀疑的表情，毕竟她并不知道奥芝玛有多大的本领，事实上，奥芝玛的法力也确实没有桃乐丝所描述的那么大。所以，桃乐丝的话并不能安慰悲观的奥莉克丝小姐。

明天早晨，假如平头人真的会攻打斯基泽人，那么肯定会上演精彩的一幕。

第十章

水底世界

当夜幕降临，在白炽灯的照耀下，整个大圆顶建筑内不管是马路还是房屋，依旧如白天一样明亮。桃乐丝心想：如果在晚上从外面看这座魔幻之岛，一定光彩流溢，无比华丽。库伊欧女王的宫殿正在举办盛大的宴会，两个女孩身在奥莉克丝小姐家中就可以听到王室乐队演奏的乐曲，那音乐清晰地敲打在桃乐丝的心上，她很想走出房间，到外面去倾听歌曲。无奈，她和奥芝玛依旧是囚犯，虽然房主人对她们很好，但其中监视的意味更多一些。

奥莉克丝小姐为她们准备了美味可口的食物，在她们吃过丰盛的晚餐后，奥莉克丝小姐把她们领进一间舒适的房间中，与她们道了晚安，就匆忙地离开了。

整个房间终于只剩下奥芝玛和桃乐丝了，桃乐丝这才急切地问道："奥芝玛公主，眼前的一切发生得都很突然，你觉得呢？"

奥芝玛却很淡定地回答："至少这一趟没有白来，也许明天会发生一些不幸的事情，但我必须去了解人们的真实感受。他们的首领是那么的残忍、狠毒，而且傲慢无礼、目中无人，他们肯定不会得到幸福。所以，我要解放斯基泽人和平头人，还给他们应有的自由与幸福。我一定要完成这个任务，不然我会不安心。"

桃乐丝说："现在我们自身难保，如果明天库伊欧女王获胜，她不会放过我们，假如是追督获胜，那情况将会更加糟糕。”

奥芝玛安慰她说：“不要着急，亲爱的桃乐丝。其实我们并非束手无策，不管发生了多么糟糕的事情，我们直到现在依旧安然无恙，所以这次冒险还算顺利。”

桃乐丝并没有着急，她当然信任奥芝玛公主，这一次冒险，她可以参与其中并做了一系列刺激的事情，她觉得很有趣。所以，她根本不需要奥芝玛公主的安慰。于是，桃乐丝快速地爬到了那张舒适的床上。那一瞬间，她突然觉得这张床好柔软，就像奥芝玛王宫里自己的那张床一样温暖，她很快就进入了梦乡……

突然，一阵嘎嘎的声音吵醒了她。整个小岛好像一直在摇摇晃晃，难道是地震了吗？桃乐丝立刻警觉地坐了起来，顿时睡意全无，她这个时候才发现天色已经蒙蒙亮了。

奥芝玛公主正在匆匆忙忙地穿着衣服。

桃乐丝跳下床，好奇地问道：“发生了什么事情？”

奥芝玛公主说：“我也不知道，但是我感觉整座小岛好像正在下沉。”

于是，她们赶紧穿上了衣服，那嘎嘎的声音和剧烈的摇晃越来越强烈，等她们冲出房间时，才发现奥莉克丝小姐正站在门外等着她们。

奥莉克丝小姐对她们说："不要害怕，库伊欧女王打算让小岛沉没，这也说明平头人真的打过来了。"

桃乐丝立刻惊讶地叫道："啊，让小岛沉没是什么意思？"

奥莉克丝小姐说："跟我来，你自己去瞧瞧吧。"

她带着两个女孩来到窗前，从这里可以看到整个岛屿真的正在下沉，湖水已经漫过了整个圆顶的一半。就在那透明的玻璃前面，游动着美丽的鱼，漂浮着长长的水草，湖水如同蓝色的水晶一样晶莹剔透，站在水中的世界里，可以看到对面的湖岸。

奥莉克丝小姐说："看来平头人还没到，但是我相信他们很快就会到达这里，应该是在这座圆形的建筑沉没之后吧。"

桃乐丝说："我倒是很担心这个圆顶房会不会进水。"

奥莉克丝小姐说："放心吧，不会的。"

桃乐丝问："这座岛屿以前也像今天这样沉没

过吗？”

奥莉克丝小姐回答：“是的，曾经沉没过几次。但是，库伊欧女王并不希望这样做，因为操纵机器也很费力。圆顶房的构造就是为了让这座岛屿可以顺利地下沉。我想，库伊欧女王大概是害怕平头人在进攻岛屿的时候，会打碎圆顶房上面的玻璃吧！”

桃乐丝恍然大悟道：“如果我们沉没到水底，他们就打不到我们了，同理，我们也打不到他们了。”

奥芝玛公主有些不安：“可是，他们会伤害到那些鱼。”

奥莉克丝小姐说：“不要担心，即使我们在水中，也有办法还击他们。我不能把所有的秘密都告诉你们，等着瞧吧，这座岛屿充满了神奇，库伊欧的魔法也很奇妙。”

“她的魔法只不过是从三位大法师那里偷来的而已啊！”桃乐丝说道。

奥莉克丝小姐说：“是的，但是有些魔法三位大法师都未必尝试过，所以她的魔法更高深莫测。”

这个时候，圆顶房的顶已经完全浸入水中了，整座小岛也在瞬间停止了晃动，变得很稳固。

奥莉克丝小姐指着湖岸边大声喊道："快点儿看哪，平头人来了！"

此刻，湖岸离她们很远，就在她们头顶很远的地方，一群人影隐约可见，他们正在快速移动着。

奥莉克丝小姐紧张不安地说："让我们来观看库伊欧是怎样与他们对抗的吧。"

在那高大的棕榈树之间，平头人正快速地穿行，就在岛屿被水淹没的那一刻，他们匆匆忙忙地赶到了岸边。湖水在两岸急速流动，透过那清澈的湖水，人们可以看到圆顶房；透过圆顶房上的玻璃，可以看到斯基泽人的房屋。

追督大喊道："好，太好了！"

他的部下全部武装起来，他带着两个铜制的桶，小心翼翼地放在旁边。他狂傲地说："如果库伊欧只想躲避，不想打仗，这件事情就好办多了，我这一桶毒药就可以毒死这湖泊中所有的鱼。"

一位头领随声附和道："快点儿毒死她们吧！趁着我们还有时间，这样就可以早点儿回家了。"

追督却说："现在时辰还未到。库伊欧女王曾经羞辱过我，我要让她落入我的手中，我要毁掉她所有的魔法。另外，她把我心爱的妻子变成了一头金猪，不管怎样，这个仇我一定得报。”

那些小头目突然指着湖面大声叫道：“小心，要出大事了！”

沉没在水中的圆顶屋上面忽然打开了一扇门，一个黑乎乎的东西从里面被射了出来。门迅速地合上，那个黑乎乎的东西在水中快速地穿行，并没有冒出水面，而是径直地朝着平头人所待的地方射了过来。

桃乐丝问奥莉克丝小姐：“那是什么东西？”

奥莉克丝小姐回答道：“库伊欧女王的潜水艇，它可是全封闭的，可以在水中畅行无阻。库伊欧拥有好几艘这样的潜水艇，就藏在我们地下室的小房间中。当我们的小岛下沉时，潜水艇就会立刻出现，她肯定是想利用潜水艇与平头人决一死战。”

追督和他的部下显然并不知道库伊欧的潜水艇究竟是何物，所以他们无不瞪大双眼，看着那艘潜水艇朝他们疾驰而来。潜水艇快到岸边的时候，突然浮出了水面，艇首张开，从里面冲出一群全副武装的斯基泽人，之后艇首又闭合了。在这群斯基泽人中，为首的就是库伊欧女王，她威风凛凛地站在艇首，手中高

高地举着一圈闪烁着银色光芒的魔绳。

潜水艇停了下来，库伊欧女王的手臂朝后面挥去，她打算用银色的绳子套住追督。但是追督不甘示弱，他马上明白了自己的危险境地，没等女王朝他丢出绳子，他就拎起铜桶，狠狠地朝库伊欧女王迎面泼去。

第十一章

斯基泽人失败了

一瞬间，库伊欧女王丢掉了绳子，左右摇摆了几下，一头扎进水中，并沉了下去。潜水艇上的斯基泽人满脸惊讶，却没有人过来帮她一下，大家都呆呆地看着女王落水的地方荡起的层层涟漪。过了一会儿，湖面上出现了一只无比漂亮的白天鹅。这只天鹅很大很美，姿态优雅，白色羽毛上点缀着密密麻麻的小钻石。在早晨的阳光下，这只美丽的白天鹅如同闪闪发光的钻石一般光彩夺目。此外，这只白天鹅还长着光洁无瑕的金色嘴巴，她的眼睛是两颗紫英石，在晨光中熠熠生辉。

追督看到这只白天鹅，高兴得手舞足蹈，他大喊道："真是大快人心啊！我可怜的妻子罗拉，你的仇我终于报了。库伊欧，你以为把她变成了金猪，你就赢了吗？我把你变成了钻石天鹅，让你永远游在这湖泊上，你的蹼足再也无法施展魔法，你和我那金猪妻子一样，再也不可能拥有魔法了，哈哈！"

钻石天鹅恼羞成怒，气愤不已，她嘎嘎地叫道："你这个无赖，你这个骗子，你肯定也会遭受惩罚的。我真是太笨了，竟然被你给耍了。"

追督开心地狂笑道："你一直都是个大傻瓜，从前是，现在更是。"他实在是太开心了，像个疯子一样手舞足蹈。这时，他一不小心踢翻了另一个铜桶，它歪倒在地，里面的毒药水洒了一地，全部流到了沙地上。

追督这才停止了疯狂的大笑，悲伤地看着那个被自己踢翻在地的桶。

追督伤心地大叫道：“啊，太不幸了，我真是太不小心了！我打算用来毒鱼的毒药水竟然被我踢翻了。我可是再也无法制作出这样的药水了，因为秘方在我妻子那里，现在的她不过是一头愚笨无知的金猪，她早已不记得所有的魔法了。”

这时候，钻石天鹅在湖面上悠游自在地游着，看上去开心极了，她幸灾乐祸地说：“哈哈，正合我意！现在，你的报应也来了，虽然你算计了我，并销毁了我的法术，但是你还有三条魔鱼需要抗争，她们早晚会要了你的命，请牢记我今天的警告！”

追督用愤怒的眼神死死地盯着眼前这只钻石天鹅，他朝着手下的人大声吼叫道：“射死她，射死她！这只该死的不懂礼貌的天鹅！”

他的手下朝着钻石天鹅猛射了几箭，但是她却巧妙地钻进水面之下，躲过了这几箭。等库伊欧女王再次从水中冒出来的时候，她已经远离了湖岸，她朝更远的地方奋力地游过去，那些箭根本射不到她。

追督摸着下巴，思考着自己该怎么办。库伊欧女王刚刚乘坐的潜水艇就在他的周围漂浮着，里面的斯基泽人不知所措地站着，不知道该怎么办。或许他们并不是因为他们的女王被变身为钻石天鹅而感到伤心，只是没有了库伊欧，他们不知道该做什么。潜水艇并非用机器操纵的，只有库伊欧的咒语才可以打开它。他们不知道怎样才可以使它下沉，也无法罩上防水罩，更不可能开着它回到城堡中去，或把它置放在存放潜水艇的地下室里。他们觉得孤独无助，因为他们被关在了大圆顶建筑物的外面，也许再也进不去了。其中一个斯基泽人对追督发出求救的信号："追督大王，请抓走我们吧！把我们带到你们的山上，请收留我们吧，反正我们也无处可去了。"

追督狂傲地大笑道："你们想得倒美，我可不愿意带你们回去。带着一大群愚昧无知的斯基泽人回到我的平顶山，想想我就觉得很可笑。你们就待在那里吧，或者愿意去哪里就去哪里吧！我们平顶山可不欢迎你们这些可恶的斯基泽人！"

骄傲的追督转过身，对他的部下大声说："现在，我们终于征服了库伊欧女王，我已经把她变成了一只毫无反抗之力的钻石天鹅。那些斯基泽人还在水底，就让他们死死地待在那里吧！其实咱们已经赢得了胜利，我们不如现在就回去吧，举办宴席，庆祝一下！

我们与斯基泽人斗争了这么多年，终于赢得了胜利，这也说明了平头人比斯基泽人更强大、更有智慧！”

于是，平头人班师回朝，他们穿过那一排棕榈树，迅速地回到山上。追督和几个头目开始兴高采烈地大吃大喝，其他人则在一旁小心翼翼地伺候着他们。

追督说道：“真是遗憾啊，竟然没有烤猪可以吃。我们唯一的一头猪还是纯金的，根本无法入口。那头金猪还是我的妻子，当然，即使她不是纯金的，她的肉也已经老得咬不动了。”

第十二章

钻石天鹅的骄傲

等那群平头人走了以后，钻石天鹅才敢游回潜水艇旁，一位名叫欧维克的斯基泽人对着她大喊："陛下，请问我们怎样才可以回到岛屿上呢？"

库伊欧女王并没有回答他的问题，她姿态优雅地拱起脖子、张开翅膀，那点点钻石真是光彩夺目，她依然用那种不可一世的语气问：“难道我不美丽吗？我看到了水中自己的倒影，我相信我才是世界上最美丽的动物，我比任何鸟儿、动物或者人类都要美丽万分。”

欧维克又一次着急地问：“陛下，请问我们怎样才可以回到岛屿上？”

库伊欧女王还是不理睬他的发问，她好像一直沉浸在自我欣赏的状态中，她一边抖动着羽毛，让钻石更加熠熠生辉，一边自恋地说：“我要让我的名声大震，让世界上所有的人从各个地方赶到这里，来欣赏我的美貌。”

欧维克没有时间去欣赏她的美丽，他急切地说：“陛下，我们得赶紧回家，但是我们却不知道怎样才可以回家。”

钻石天鹅还沉浸在自我欣赏、自我陶醉中：“快看我的眼睛，它是那么紫、那么闪亮，我相信不管谁看了，都会被迷得神魂颠倒。”

潜水艇上的人们终于被激怒了，他们和欧维克一起着急地喊道：“快点儿告诉我们这艘小艇的开动方法吧。告诉我们，库伊欧，快点儿告诉我们吧，我们要回到岛上去，我们要回家。”

库伊欧女王却满不在乎地说：“你们要回家啊？可是我也不知道该怎么做。”

“你是个伟大的魔法师、女法师、女巫！你肯定知道。”

“从前，当我还是小姑娘的时候，我是女巫，但现在我早已忘记魔法究竟是什么了。”她一边说一边低着头看向湖面，望着自己的倒影继续自我欣赏起来，“我真的忘记了，我觉得天鹅比小姑娘更加可爱，而且我还是一只钻石天鹅，你们觉得呢？”说完，库伊欧女王就优雅地游走了，她好像并不在乎他们是否回答了自己的问题，也不在意他们的答案。

欧维克和潜水艇上的人都很失望，甚至开始绝望起来。他们知道库伊欧女王不想也不愿意帮助他们脱离险境。库伊欧女王似乎变了一个人，她不再关心自己的岛屿，也不想再回去，她甚至不再想她的魔法、她的人民。此时，她只愿意活在自己的世界中，欣赏自己的美丽。

欧维克失望地叹了口气：“真是意外，平头人竟然真的征服了我们。”

眼前发生的一切被奥芝玛、桃乐丝和奥莉克丝小姐看得一清二楚，她们赶紧离开家，跑到大圆顶的玻璃跟前，想要看得更清楚一些。不一会儿，窗户前就聚集了许多斯基泽人，他们同样忐忑不安，不知道接下来会发生什么事情。虽然他们的视线在湖水中变得很模糊，而且从下面往上看有些费力，但是，斯基泽人还是看清楚了小岛上面发生的事情——他们看到库伊欧女王的潜水艇浮出了水面，她骄傲地打开了舱门；他们看到库伊欧女王趾高气扬地站在艇首，正打算丢出她的魔绳；他们看到那高贵的女王突然变成了一只镶满钻石的天鹅，圆顶房中的斯基泽人不禁惊慌失措地叫喊起来。

桃乐丝却幸灾乐祸地拍着手说："太好了！我恨那个追督，但看到库伊欧被惩罚了，我也莫名其妙地很开心。"

奥莉克丝小姐用双手捂住胸口，她似乎有些头晕，呼吸不上来，她连声叫喊道："真是太不幸了，真是太不幸了！"

奥芝玛点点头，表示同意奥莉克丝小姐的说法，她沉思了一会儿，说道："库伊欧的不幸，对斯基泽人民是一次致命的打击。"

桃乐丝不以为然地说："我看未必，库伊欧女王只是接受了惩罚，斯基泽人应该拍手叫好才对。所以，失去了库伊欧女王，对他们来说是一件天大的好事。"

奥莉克丝小姐有些悲观地说："如果仅仅失去了库伊欧女王，斯基泽人肯定认为是一件天大的好事。但是，岛屿现在也下沉了，我们却待在湖底，就这样被牢牢地困在了大圆顶房子里，真不知道该怎么办才好。"

桃乐丝问道："你可以凭借自己的力量把小岛升起来吗？"

奥莉克丝小姐回答："不能，只有库伊欧女王才知道这个秘密。"

桃乐丝说："不如我们试着让小岛浮上去吧，既然它可以沉下来，就可以浮上去，我想那机器肯定还在工作呢。"

奥莉克丝小姐说："但是，机器的运行是靠魔法操纵的，库伊欧从不允许任何人知道她的魔法。"

桃乐丝只好认认真真地想起办法来，她突然想到一个主意："没事，我们的奥芝玛公主也知道很多魔法。"

奥芝玛摇摇头说："这种魔法和我所知道的魔法完全不同。"

桃乐丝说："可是你可以去看看机器，去研究这种魔法的操作啊！"

奥芝玛说："亲爱的桃乐丝，我恐怕无能为力。因为这并非仙术，这是我也看不懂的巫术。"

桃乐丝听后，转向奥莉克丝小姐说："你不是说你们还有其他的潜水艇吗？我们可以乘坐其中的一艘，像库伊欧那样一直冲到水面上，咱们不就可以摆脱困境了吗？然后，我们可以把这里的斯基泽人从湖水底下一个个地救出去。"

奥莉克丝小姐继续摇头说："除了库伊欧女王，任何人都不会操作潜水艇。"

桃乐丝问："这座圆顶建筑物还有其他的门或者窗户吗？我们可以从那里逃出去。"

奥莉克丝小姐回答道："当然没有。即使有的话，我们打开它，湖水就会冲进来，淹没所有的人。"

奥芝玛却说："放心吧，斯基泽人是不会被淹死的，虽然会有些不舒服，他们只会全身湿漉漉的，倒没有什么大碍。只是你，桃乐丝，你只是一个凡人，即使魔法可以暂时保护你，但是，你却只能永远待在湖水底下。"

"啊！那样的话，我宁愿快点儿死去。不过，我想，

地下室应该有门，可以放出桥和潜水艇，应该不会有大量的水冲进大圆顶吧。”

奥莉克丝小姐回答：“可是只有用咒语才可以打开地下室的门，而那咒语只有库伊欧女王知道。”

桃乐丝顿时有些绝望了，她叹了口气，说：“唉！那个该死的女巫把我的逃跑计划全部打乱了。奥芝玛，我是救不了大家了，只能依靠你了，你快点儿想想办法啊！”

奥芝玛听后笑了起来，她的笑容很牵强。这位充满智慧的奥兹国公主遇见了一件棘手的事情，她真的不知道该怎么处理，尽管她还没有像桃乐丝那般绝望，但是她已经意识到斯基泽人和这座岛屿，包括桃乐丝和她自己都面临着危险，除非她可以想出妥善的方案来解救他们，否则这些人也许都会丧命。

她沉思了一会儿，说道：“面对困境，着急只能让人心烦意乱，我们唯一可以做的就是安静下来认真思考，跟随着事情的进展而随机应变。始料未及的事情总会发生，鲁莽的举动只能让自己身陷困境，所以我们耐心地等待吧！”

桃乐丝点头称赞她说：“奥芝玛公主，我相信你，你不用为我们担心，事情肯定会解决的。奥莉克丝小姐，我饿了，可以吃一些早点吗？”

于是，奥莉克丝小姐只好带着她们回到家中，让那些吓得浑身颤抖的斯基泽人准备了一些早餐。此时，所有的斯基泽人都惶惶不安，虽然他们怨恨凶残的库伊欧女王，但唯有她才可以带领斯基泽人打败平头人，也唯有她才可以让小岛升到湖面上去。可惜，库伊欧女王已经变成了一只钻石天鹅，斯基泽人不禁绝望地想，也许再也没有人可以帮他们完成心愿了。

早餐还没准备好，有几位斯基泽人前来找奥莉克丝小姐，他们想和她商量一下该怎么办。除此之外，他们也仔细地询问了奥芝玛公主的情况，毕竟斯基泽人对奥芝玛和桃乐丝一无所知，他们只知道她自称仙女，统治着整个奥兹国，斯基泽湖也在她的管辖范围内。

于是，斯基泽人对奥芝玛公主真诚地说：“如果你所说的一切属实，你就是我们的女王，也许只有你才可以帮助我们脱离险境。”

奥芝玛公主安慰他们说：“我会努力帮助你们的，请你们记住：仙女的仙术是为了帮助别人而存在的，它可以带给人们希望、幸福和快乐。库伊欧女王所摆弄的魔法却是一种巫术，她的做法令人不齿，仙女们对此更是不屑一顾，因为那样会有损于她们的身份。

为了自救，我们不如去尝试一下邪恶的魔法，我只能通过研究库伊欧的魔法工具和魔法，了解其中的秘密，或许才可以救出大家。现在，我问大家是否承认我——奥芝玛公主是你们的统治者，你们是否愿意听从我的指挥？”

所有的斯基泽人都点头表示愿意。

奥芝玛公主继续说：“那就好，现在我得去库伊欧的宫殿中，我要仔细地搜寻一些对自己有用的东西。所有的斯基泽人，你们不要害怕，请耐心地等待。你们暂时先回家吧，像往常一样生活，就当什么事情都没有发生过。库伊欧女王失败了，其实并非一件坏事，这恰恰是好事的开始。”

奥芝玛公主的话让所有的人顿时充满了力量，此时，斯基泽人只能依靠奥芝玛了。其实他们的内心很轻松，毕竟凶残的库伊欧女王变成了一只钻石天鹅，她再也无法约束他们的言行，他们终于获得了自由。

斯基泽人拿出乐器，吹拉弹唱，前呼后拥，他们兴高采烈地把奥芝玛和桃乐丝送到了王宫里，库伊欧之前的女仆对待她们更是毕恭毕敬。奥芝玛恳请奥莉克丝小姐也留在库伊欧的宫殿里，毕竟她认识所有的斯基泽人，对斯基泽岛屿的一切事情都了如指掌，她曾深受库伊欧女王的宠爱。所以，她的意见才是最有价值的。

奥芝玛在宫殿里转悠了一圈儿，却什么也没有发现。库伊欧的私人套间中有一间小屋是专门供她作法使用的，这里装满了无数奇形怪状的工具、装药膏的罐子、贴着标签的怪瓶子、奇奇怪怪的机器……看着这些东西，奥芝玛自然猜不出它们的用场。另外还有腌蛤蟆、腌蛇、腌蜥蜴等，更是令人作呕。最恶心的是一个书架上的书本，里面的字全部是用血书写的。无奈，这些东西只能令奥芝玛无比眩晕，她实在看不明白其中的缘由。

奥芝玛对陪在她身旁观看的桃乐丝说："库伊欧一定使用了非常残忍的方法才从三位大法师那里得到这些魔法工具。毕竟三位大法师只为大家做好事，而库伊欧却无恶不作。"

桃乐丝说："难道是她把好的法术派在了坏的用场上？"

奥芝玛说："应该是的。而且，她还使用这些法术发明了一些法师并不懂的邪恶的东西。可惜，三位大法师都变成了鱼，我们无从得知她们之间的纠葛。更可怕的是，库伊欧把她的秘密死死地守护着。这个房间里的所有东西也只有她一个人会使用。"

桃乐丝问道："我们能不能抓住那只钻石天鹅，逼迫她说出所有的秘密呢？"

"估计不能，就算我们可以抓住库伊欧，她或许早已忘记了所有的秘密。再说，现在我们都无法从这个大圆顶建筑里逃出去，又怎么可能去抓住那只钻石天鹅呢？当然，如果我们可以逃出去，库伊欧的魔法对我们就没什么用了。"

桃乐丝想了一下，说："也是啊！奥芝玛，我突然有了一个好主意——我们可以试着去抓那三条鱼——三位大法师变的金鱼、银鱼、铜鱼，然后咱们试着让她们恢复原形，看看三位大法师能不能想办法把我们救出去。”

奥芝玛不赞同地说：“亲爱的桃乐丝，你的想法未免太幼稚了。斯基泽湖中有那么多的鱼，我们想抓住她们如同抓住钻石天鹅一样困难。”

桃乐丝却坚持己见：“可是，我们不试试怎么知道行不行呢？毕竟抓住她们会解决我们很多的麻烦。”

奥芝玛看到桃乐丝这般认真和执着，不由得笑了起来：“那肯定，只要你能抓到她们，我就有办法让她们恢复原形。”

桃乐丝固执地说：“好吧！虽然你认为我做不到，但是我仍然要去试试。”

于是，桃乐丝离开了宫殿，她走到一个透过透明的圆顶房就可以看到周围水底情况的地方。顿时，她觉得眼前一亮，瞬间就被四周奇异的景象深深地吸引了。

斯基泽湖原来有这么多奇形怪状、大小不一的鱼。湖水湛蓝且清澈无比，桃乐丝可以看得很远，那些鱼偶尔会游到她的面前，甚至撞到玻璃上。湖底是白色的细沙，上面有许多奇形怪状的海星、龙虾、螃蟹等动物，在水下闪烁着五颜六色的光芒，真是美丽极了，

还有那来回摆动的水草，颜色更是无比绚丽。在桃乐丝看来，这里就是一个美丽的大花园。

这里，最吸引人眼球的还是那些鱼。他们又大又懒，慢慢地漂浮在水中，有的鱼只是简单地躺在水面上，用鱼鳍轻轻地划着。在桃乐丝看着他们的时候，他们也瞪大了双眼，看着这个莫名其妙的女孩。桃乐丝心想，自己如果试着跟鱼对话，不知道隔着玻璃他们是否可以听到。在这奥兹国境内，所有的动物和鸟儿都可以说话，鱼儿也可以说话，但是，鱼儿有些愚笨，他们的思维很慢，彼此也没有多少话可说。

在这斯基泽湖中，小鱼比起大鱼来更为活泼好动，他们一直穿梭在左右摇摆的水草中，好像在忙着什么事情。桃乐丝希望可以在这些小鱼中寻找到金鱼、银鱼和铜鱼，她有一种直觉，这三条鱼应该在一起，就像她们最初当三大法师时那般相互为伴。无奈的是，桃乐丝的眼前有无数条鱼，湖水中的景象更是变幻莫测，即使这三条鱼出现在她的面前，女孩也未必会留意到。因为她的眼睛只能盯着一个方向看，而她要寻找的那三条鱼却可能在大圆顶的另一面，或者在很远的地方。

“这三条鱼莫非是因为害怕库伊欧女王，所以已经躲起来了，她们根本不知道库伊欧女王也已经变形了。”女孩默默地想。

桃乐丝看了许久，直到觉得累了、有些饿了，她才回到宫殿里，但她并没有因此放弃寻找。

“发现新的情况了吗，奥芝玛？”她问道。

“没有啊，你呢，找到那三条鱼了吗？”

“没有，但是我还会继续去观察的。反正我也没什么事情可做。”

第十三章

警铃响起

在奎德林国，格林达女巫的宫殿里，她正在处理各种杂务——她不仅要检查女仆们的刺绣、编织物，还要帮助那些前来请求她帮忙的人，包括那些野兽、鸟儿的请求。除此之外，格林达对魔法颇有研究，她几乎把剩余的时间都花在了魔法实验室里，希望自己可以发明一种补救邪恶的魔法，以完善自己魔法技巧上的不足。

即便如此忙碌，她还是没有忘记每天去观看魔法大记事簿，看看它有没有记载奥芝玛和桃乐丝去拜访平顶山和斯基泽岛的事情。魔法大记事簿记录着，奥芝玛已经到达了魔山，并且和她的朋友一起跑了出来，她们到达了斯基泽岛，库伊欧女王利用魔法把岛屿沉没到了湖底。平头人来到了湖边，打算把湖中的鱼全部毒死，平顶山大王把库伊欧变成了一只钻石天鹅……

魔法大记事簿上只是简简单单地记录了这些话，所以格林达并不清楚，库伊欧自从变成钻石天鹅之后，早已忘记了所有的魔法，所有的斯基泽人都无法让这座沉没的岛屿浮到水面上。因此，格林达并没有想太多。直到一天早晨，她和侍女们坐在一起聊天，警铃突然响了起来，那声音非常刺耳，侍女们都被吓了一跳，甚至连格林达也有些不知所措，不知道这警铃为何响了起来。

她突然想起在桃乐丝离开宫殿开始这次历险的时候，她曾经送给桃乐丝一枚戒指，当时，她曾经警告过桃乐丝，不到万不得已的时候，千万不要使用这枚有魔力的戒指——只有当桃乐丝和奥芝玛真正遇到危险无法逃走的时候，桃乐丝才可以把戒指先朝右转一圈、再朝左转一圈，这样的话，警铃就会响起来。

此时此刻，格林达明白，奥芝玛公主和桃乐丝遇到了无法解决的困难，她立刻来到自己的魔法间，想看清楚她们究竟遇见了什么样的危险。魔法大记事簿上只显示了一排简单的字：“奥芝玛和桃乐丝被关在斯基泽岛上的一个大圆顶房子里，此刻它已经沉入了水底。”

格林达问：“难道奥芝玛不能靠法术把小岛浮出水面吗？”

“没有这个能力。”魔法大记事簿上显示出这样一些字，“只有库伊欧女王的咒语才可以解救这座沉没的岛屿，如今她已经被追督变成了一只钻石天鹅……”除此之外，魔法大记事簿上没有多言。

于是，格林达又立刻查阅了魔法大记事簿上关于斯基泽岛的所有记录。她一页页地翻看，才发现库伊欧女王原来是一位法术高强的女巫，她诡计多端，曾经把前去拜访她的三位女法师变成了三条鱼——金鱼、银鱼和铜鱼。不仅如此，她还从三位法师那里偷走了所有的法术，并想要杀死她们，但没有成功，于是她就把她们丢到了湖泊中。

格林达不禁担忧起来，她知道必须得有人去救奥芝玛和桃乐丝出来。虽然这件事情并不是那么着急，毕竟奥芝玛和桃乐丝在大圆顶房子里可以活很久。不过，如果没有人将岛屿浮出水面，她们也肯定出不来。

格林达翻遍了她所有的魔法书籍和秘诀，但是，她始终没有找到一种可以把岛屿升起来的魔法，毕竟以前从没有魔法师做过这样奇怪的事情。于是，格林达模拟着做了一个小岛，在上面覆盖了玻璃圆顶。她又把它沉入城堡附近的一个水池中，并且试着使用魔法让它浮出水面。格林达反复试了好几次，都没有成功。这件事情看起来很简单，但她就是无法实现。

这位聪明的女巫并没有因此放弃，她一定要想出更好的办法去救自己的朋友。她思来想去，彻夜未眠，最终，她决定亲自去一趟斯基泽湖，去仔细地研究一下。也许只有到了斯基泽湖，她才可以发现一个妥善的办法来解决眼前这棘手的问题，救出奥芝玛和桃乐丝。

于是，格林达请来了鹳鸟和空中飞车，她交代侍女们说要出去一趟，但是肯定不会耗时太久。她坐进车子，朝着翡翠城飞驰而去。

在奥芝玛的宫殿里，稻草人正在做奥兹国统治者应该做的事情。事实上，他很清闲——奥兹国几乎没有什么事情需要他费心，一切都在有条不紊地进行着。可他却不敢离开宫殿半步，生怕会有意外发生。

格林达到达翡翠城的时候，她发现稻草人正在跟特洛特和贝翠玩槌球，特洛特和贝翠都是奥芝玛的好朋友，她们也住在这座宫殿里，受到奥芝玛的悉心呵护，奥兹国的人们都很喜欢这两个女孩。

当格林达的车子从天而降，并在她们身边停下的时候，特洛特突然大声叫喊道："我猜一定是出事了，不然格林达不会来这里的。"

贝翠一听，立刻焦虑不安地说："天哪！但愿奥芝玛和桃乐丝一切顺利！"这时候，格林达已经从车上走了下来。

格林达走到稻草人身边，把奥芝玛和桃乐丝身陷困境的事情告诉了他，格林达说："亲爱的稻草人，不管怎样，我们都得救出她们。"

稻草人点点头，这时他还在槌球场上，他不小心绊在一个铁丝小门上，直接跌倒在地，不幸的是，他竟然是脸朝地。

特洛特和贝翠赶紧把他扶起来，帮他整理好，他却像个没事人一样，继续说："格林达，你得告诉我应该怎么办，我可从未有过这样大的压力，毕竟要去搬起一座沉没的岛屿啊！"

"我们应该立刻召开一次会议，赶紧写信给奥芝玛所有的顾问，让他们一起参与讨论，我们才可以制订出最好的营救方案。"格林达建议道。

稻草人立刻派人给各个顾问送去了信件。还好，顾问们就住在翡翠城或翡翠城的附近，所以，他们连夜赶到了奥芝玛的宫殿里。

第十四章

奥芝玛强大的顾问团

我相信从未有统治者会像奥芝玛那样，身边聚集着这样一群奇怪的顾问，因为任何国家都不会拥有这么多稀奇古怪的人。但是，他们各有特点，奥芝玛就是喜爱他们的与众不同，她把他们每个人都当成自己的至亲至爱。

第一个来的是铁皮人，他全身都是由铁皮做成的，被擦得锃亮。他所有的关节都被小心地上了油，因而灵活自如。此外，他还随身携带着一把闪亮的斧头，用来表明自己樵夫的身份。事实上，他住在奥兹国中温基国的一座铁皮城堡里，那座高大的城堡被装饰得富丽堂皇，铁皮人就是温基国王，他的真名叫尼克·乔珀。他很聪明，但又是个粗心大意的人，所以他说话做事总是很小心，生怕伤害到别人。

和他一起匆匆赶来的还有碎布姑娘，她叫作斯克丽普丝，这是一个用碎布缝起来的布偶，她被剪成女孩的模样，里面塞满了棉花。这位碎布姑娘很聪明，也很活泼，爱捉弄人，爱开玩笑。不管什么样的场合，多么严肃的场面，斯克丽普丝的快乐、豁达总是能够感染身边的每一个人。她看似开玩笑的话，其实却饱含哲理。

顾问团中还有邋遢人，他浑身上下都很邋遢，你瞧瞧那胡子、头发、衣服、鞋子……虽然他的衣服很脏，但是他特别善良，他可是奥芝玛忠实的朋友之一。

滴答人是一个机器人，他的身体里安装了一个小小的机械发条，他被设计得很巧妙，走路、说话、思

考这三大运动神经分别由不同的发条控制。滴答人很认真，无论上紧哪一个发条，他都会只按照这个发条所控制的程序办事，而且绝对不会出错。遗憾的是，他的发条时常松弛，除非有人帮助他再次上紧，否则他根本没法动弹。

杰克是奥芝玛的一个老朋友，他曾经多次陪伴她去各处旅行。杰克是一个笨拙而粗糙的南瓜人，他是用大小不一的树木连接而成的，然后用硕大的木钉钉在一起。所以，他的身体很结实，也不会觉得疲乏，等他穿上衣裳，他大部分粗糙的躯体就被掩盖住了。杰克的头是用一个成熟的南瓜做成的，在南瓜的一面刻有生动的五官，南瓜就插在杰克的木头脖子上，很容易歪斜，所以他得不时地用木头手把自己的南瓜脑袋扶正。更为糟糕的是，这个南瓜脑袋非常难保存，很容易腐烂。所以杰克的主要任务就是每年种植许多上等的南瓜，每当旧脑袋腐烂的时候，他就会从南瓜地里寻找一个新鲜的南瓜，在上面刻上自己的五官，随时准备换掉那个快要腐烂的脑袋。此外，杰克从未在南瓜上刻画过相同的五官，所以，他的朋友们也不知道他真正的表情是什么。但是大家都不会认错他，毕竟整个奥兹国就他一个人拥有南瓜脑袋。

奥芝玛的顾问团中还有一个独脚水手，他被称为比尔船长，他是陪着特洛特一起来到奥兹国的，所有的人都很喜欢他的善良、忠实、聪明。因为失去了一条腿，所以他安装了一条木腿。另外，他喜欢用大折刀削出各种玩具，小朋友们都很喜欢他。

H.M. 环状甲虫 T.E. 教授也是其中一个重要的顾问团成员。“H.M.”是放大很多倍的意思，因为这位教授之前只是一个小小的甲虫，但是后来因为一次意外，他被放大成了和人类差不多大小，并且一直保持到现在。“T.E.”的意思是受过完整的高等教育。环状甲虫教授现任皇家体育学院的院长，他发明了一种教育药丸，因此闻名于整个翡翠城。比如，某位学生可以在早餐之后服用一粒地理药丸，他马上就可以掌握地理知识；如果他吃了一粒拼写药丸，他马上就可以学会拼写；如果一位学生的数学不是很好的话，他吃一粒数学药丸，就可以毫不费力地做各种算术题。所以，学生们学习起来并不辛苦，他们可以节约出来时间，全身心地投入到足球、垒球等自己热爱的体育运动项目中去。这些神奇的教育药丸使学院备受欢迎，奥兹国的男孩女孩用简单的方法就可以学到知识。虽然环状甲虫教授的贡献很大，但他本人却是一个傲慢无礼、盲目自大的人，他似乎时时刻刻都在炫耀自己的博学广识，所以大家并不喜欢和他交往。尽管如此，奥芝玛公主并没有嫌弃他，作为顾问团的一员，他毕竟还是很独特的。

在这些顾问中，衣着得体、看上去更像人类的当属蛙人。平日里，他总是口若悬河，喜欢说一些名言警句或华丽的辞藻。他来自奥兹国的耶普乡，可以称得上是一位贵宾。此次前来，他穿着天鹅绒制成的长燕尾服、缎子面背心和精致的绸缎裤子，就连鞋子上也镶嵌着钻石纽扣。不仅如此，他还拿着一根金色的拐杖、戴着高高的丝绸帽子。他这套光彩照人的装束，闪烁着缤纷的色彩。最初，大家都不太适应，因为和他说话的时候，稍微看久一些，眼睛就会很疲累，后来，人们渐渐习惯了他身上这些夺目的颜色。

奥兹国最好的农夫就是亨利叔叔，他可是桃乐丝的亲叔叔。现在，他跟埃姆婶婶就住在翡翠城的附近。亨利叔叔教会了奥兹国的人们如何种植蔬菜、水果、水稻等，不仅如此，他还为奥兹国的粮仓作出了重要的贡献。所以，他也是顾问团中重要的一员。

我之所以最后才提起奥芝魔法师，是因为他是奥兹国十分重要的人物。他虽然身材矮小，但才华出

众、聪明过人，对于法术的掌握和运用，他的才能仅次于格林达。格林达称得上是他的老师，奥兹国有个规定——只有格林达和奥芝魔法师两个人可以使用法术，为奥兹国的人们谋福利。奥芝魔法师看上去很和善，他那光秃秃的头顶闪闪发亮，好像涂了一层油漆，他的眼睛总是闪烁着愉快的光芒，如同校园里的小男孩那般活力四射。桃乐丝曾经说过，他的本领比不上格林达，是因为格林达没有把全部的法术都教授给他。但是，奥芝魔法师应该掌握的一切，他早已运用得炉火纯青，所以他的法术也很强大。

这天傍晚，吃过晚饭，这十几个顾问和稻草人、格林达聚集在奥芝玛的觐见室内，格林达立刻把奥芝玛和桃乐丝正陷入困境的事情告诉了大家。

格林达语气严肃地说："我们必须赶紧行动起来，早点儿救出她们。但是，我们需要思考的是——怎样才能救出她们，所以我才召集大家来这里商量一下对策。"

邋遢人说："我认为最容易的办法就是把斯基泽岛重新浮出水面。"

格林达问："可是我们该怎样将岛屿升上来呢？"

邋遢人说："我也不知道，因为我从来没有升起过一座沉没的岛屿。”

环状甲虫教授建议道：“我们可以一起沉到岛的下面，然后把它抬起来。”

格林达问道：“这座岛屿与地面紧紧相连，我们根本没有办法潜到地面下。”

南瓜人说：“我们可以用一根绳子套住它，然后把它拉出来，怎么样？”

碎布姑娘咯咯地笑道：“我们为什么不把湖水抽干呢？”

格林达严肃地说：“不要开玩笑，这可是一件很棘手的事情，我们必须认真思考。”

蛙人说：“请问湖泊有多大，岛屿又是多大呢？”

格林达说：“我们都不知道，毕竟谁都没有去过那里。”

稻草人说：“既然如此，我们还是去斯基泽岛看一看吧，仔细地研究一下。”

铁皮人说：“对，只有这样才可以解决问题。”

滴答人也断断续续地说：“我们好歹——也要——去——看一下嘛。”

奥芝魔法师却说：“问题是我们应该派谁去，去多少人？”

稻草人踊跃报名："我要去！"

斯克丽普丝接着说："我也要去！"

铁皮人斩钉截铁地说："我也要去，我得去救奥芝玛公主。"

奥芝魔法师说："奥芝玛公主身陷危险之中，我可不能袖手旁观。"

亨利叔叔说："其实大家心里想的都一样。"

于是，大家一致决定由格林达和奥芝魔法师作为首领，大家一起去斯基泽湖看一下。是的，必须用法术来战胜巫术，为了保证这次远征能够成功，这两位

本领高强的法师可是重要的角色。

不一会儿，大家就做好了准备，他们打算立刻起程。为此，杰克特意换上了一个新脑袋，稻草人的身体里塞满了新稻草，滴答人也上足了发条，铁皮人也为自己的关节上足了油。

格林达告诉大家："到斯基泽的路很远，我乘坐自己的鹳车很快就可以到达，但是你们步行需要很久。我们最好一起行动，我把车子送回城堡，等明天早晨太阳升起来时，我们就离开翡翠城。"

第十五章

伟大的格林达

贝翠和特洛特听说大家要一起去救奥芝玛和桃乐丝，便请求奥芝魔法师带着她们一同前往，魔法师点点头同意了。玻璃猫偷听到他们的对话，也想跟着一起去，魔法师好像也没有拒绝。

这只玻璃猫是奥兹国最珍奇的动物之一，她是一个名叫皮普特博士的巫师所创造的，他给予了她生命。不过，此时的皮普特博士不能再施展法术了，他已经成为翡翠城里一位普通的公民。玻璃猫是由透明的玻璃做成的，透过那晶莹剔透的玻璃，我们可以清晰地看到她那颗红宝石的心脏和头颅里那一抹绯红色的脑子，它们转动起来的样子真是可爱极了。

玻璃猫的眼睛是由翡翠做成的，她蓬松的尾巴是玻璃丝制成的，这些小细节映衬得玻璃猫美丽无比。她那颗红宝石的心脏看上去很美，但是过于冰冷和坚硬，所以玻璃猫性格古怪，不讨人喜爱——因为她从不把那些捕捉老鼠的猫放在眼里。此外，她从不肯吃任何东西，而且懒得出奇。对了，她特别喜欢听到别人赞美她，每当有人夸她漂亮，她就会表现得很友好。她喜欢赞美的语言胜过一切。她那粉红色的脑子在不停地转动着，所以，这只玻璃猫真的是聪明过人。

第二天早上，就在这一队人马即将出发的时刻，又跑来三个人。其中一个是小男孩亮纽扣，大家并不知道他真正的名字叫什么。虽然他很小，但他却像个小大人一样彬彬有礼、待人友善。但他有一个致命的弱点，那就是他常常迷路。幸运的是，每次他都会被人找回来，不过，每当他走丢的时候，朋友们还是会非常担心他。

为此，碎布姑娘曾断言：“总有一天，当他走丢的时候，人们再也找不到他，那一天就是他的末日。”亮纽扣并不以为然，也不因为这个忠告而担心，他依然改不掉自己大大咧咧的坏毛病，还是经常走丢，大家早已习以为常。

第二个是芒奇金的小男孩奥乔，他跟亮纽扣年龄相仿，别人常常称他为“幸运儿奥乔”，因为不管他走到哪里，好运都会相伴左右。他和亮纽扣是一对好朋友，虽然两个人性格截然相反，但特洛特和贝翠却很喜欢他们。

第三个是一头凶猛的大狮子，他是奥芝玛最忠诚的卫士，也是奥兹国最勇敢、聪明的动物之一。他自称为胆小的狮子，说自己承受不了任何的危险，每当遇见危险，他的心脏就会怦怦直跳，怕得要死。但是了解他的朋友都知道，他的胆小与勇敢并存，不管面前的危险有多么可怕，他总是会鼓足勇气与之搏斗。每当桃乐丝和奥芝玛身处险境的时候，胆小的狮子总会挺身而出，救出她们之后，他才会呻吟、颤抖甚至哭泣，因为他真的被吓破了胆。

“如果奥芝玛需要帮忙的话，我也想参与其中。”胆小的狮子说，“而且，我想诸位也需要我的帮助，尤其是特洛特和贝翠，毕竟你们前去的地方充满了凶险，吉利金国我实在太熟悉了，那片森林里隐藏着许多凶残的野兽。”

胆小的狮子愿意一同前往，大家听了都很开心，于是所有的人斗志昂扬地离开了翡翠城。在出发的道路上，翡翠城的百姓们无不夹道欢送，祝愿他们马到成功、安全归来，救出他们可爱的奥芝玛公主，他们都在等待这一天的到来。

这一队人马走的路与奥芝玛和桃乐丝所走的路截然相反，他们穿过温基国，一直向北走去，然后到达乌盖布。还没走到那里，他们就转身朝吉利金大森林走去，那里可是奥兹国最荒凉、偏僻的地方。尽管胆小的狮子以前常常在森林里闲逛，但是他承认，有一些地方他从未踏足过。稻草人和铁皮人堪称旅行家，他们也声称自己从未到过这里。

经过沉闷的长途跋涉，他们才到达森林，因为很多成员都觉得脚下很不舒服，所以一路上他们停了又停。碎布姑娘轻巧得如同羽毛，身轻如燕；铁皮人、

亨利叔叔以及奥芝魔法师走起路来很稳健；滴答人走得很慢，遇见一些障碍物，他就会突然停下脚步，四处查看，直到别人清理了障碍物，他才会再次前行。不幸的是，滴答人身体里的发条时常松懈，贝翠和特洛特只好不停地为他拧紧。

稻草人更是步履维艰，但他并不想麻烦其他人。他常常被绊倒，但他很快就会爬起来，只要稍微拍拍他的身体，他就能恢复原来的模样。

杰克也很麻烦，他走着走着，脖子上的脑袋就会转到另一端，所以他常常走错方向。幸好蛙人一直扶着他，他才得以轻松地跟上大家的步伐。

比尔船长的那条木腿好像并不影响他赶路，这位老水手走得很快，但他一直尾随在大家的后面。

进入森林里，胆小的狮子走在这行人的前面，森林里本没有路，但是野兽们踩出了自己的路，所以只有狮子才能认出这条“野兽之路”。胆小的狮子走在前面为大家带路，格林达紧随其后。大家紧紧地跟着狮子，尽管这条路崎岖不平，大家却走得很稳当。

森林里险象环生，但在胆小的狮子的带路下，野兽们谁也不敢出来阻拦他们。一次，一只凶狠的豹子扑在玻璃猫的身上，那有力的爪子狠狠地抓住玻璃猫，想撕碎她。可惜，他的牙齿断了好几根，疼得大声吼叫，他绝望地丢掉玻璃猫，跑向森林深处。

特洛特赶紧俯下身来，关心地问：“你觉得疼吗？”

玻璃猫无比愤怒地回答：“你傻不傻！这个世界上没有任何东西可以弄伤我，因为我坚不可摧，我根本不会被摔碎。但是，刚刚那只豹子太鲁莽了，真让人生气啊！他一点儿都不尊重我，不尊重聪明和美丽的尤物。如果他可以看清我那粉红色的转动的脑子，就应该知道我这样尊贵的猫可不是用来吃的，更是抓不得的。”

特洛特安慰她说：“没事，我相信他再也没有勇气这样做了。”

此时，他们已经来到森林深处，芒奇金男孩奥乔突然大声说：“啊！亮纽扣去哪里了呢？”

大家这才停住脚步，四处寻找他。果然，亮纽扣真的没在大家中间。

贝翠喊道：“天哪！他又走丢了。”

格林达问：“奥乔，你最后一次见到他是在什么时候？”

奥乔说：“好像就在刚刚我还看见他了，他落在队伍的后面，朝树林里的松鼠丢树枝。后来，我去跟贝翠和特洛特聊天了，过了一会儿，我发现找不到他了。”

奥芝魔法师说：“真是糟糕，这样下去，只会耽误我们前进。我们还是去找找亮纽扣吧，这森林里到处都是凶猛野兽，它们肯定会毫不犹豫地吃掉亮纽扣的，等我们找到他之后，再继续赶路吧。”

稻草人却说：“不管我们之间谁去寻找他都会遇到危险，我们恐怕自身难保，很快就会被野兽吃掉。如果让胆小的狮子去寻找，咱们岂不是更危险？”

蛙人建议道：“我们派玻璃猫去吧，刚刚野兽就无法伤害到她。”

奥芝魔法师看向格林达。

他问："格林达，你可以运用法术看看亮纽扣在哪里吗？"

格林达说："好的，我来试试吧！"

于是，她让亨利叔叔把他背着的柳条箱子拿过来，她打开箱子，拿出一面小小的圆镜子。她在镜子上撒了一层白色的粉末，又用手绢小心地擦掉它。她朝着镜子里看去，镜子里显示出一片森林，只见一片枝繁叶茂的大树，亮纽扣正躺在中间舒舒服服地睡觉呢。他的一边蹲着一只凶猛的老虎，正准备向他扑去，另一边有一只大灰狼，它的牙齿外露，闪烁着邪恶的光，看上去是那么的可怕、贪婪。

"天哪！"特洛特从格林达的背后看到了这一幕，她吓得立刻尖叫起来，"它们肯定会抓到亮纽扣，然后吃掉他。该怎么办呢？"

大家立刻围了过来，站在魔镜前观看这可怕的场面。

稻草人伤心地连声惊呼："真是糟糕！糟糕！"

比尔船长叹了一口气，说："他还真是走丢了。"

蛙人手拿紫色的绸缎手绢擦着眼泪说："天哪！看来他这次真是在劫难逃了！"

奥乔说："格林达，你能看到他在哪里吗？我们赶紧去救他啊！"

奥芝魔法师说："如果我们知道他在哪里的话，就可以救出他。但是在这片森林中，树木看起来都一样，真的看不出来他是在附近，还是在远处。"

"瞧，快点儿瞧！他就在那里！"贝翠惊慌失措地叫道。

格林达把魔镜交给魔法师之后，她走到一边，伸出双臂做了一套奇怪的手势，嘴巴里念叨着咒语，声音异常甜美。大家焦急地盯着格林达，他们似乎把所有的希望都寄托在了她的身上。魔法师从镜子中观察着另一边的情景，特洛特、稻草人和邋遢人也在一旁偷偷地观察着镜子中的一切。

当然，他们观察到的景象比格林达的姿势更为奇怪，老虎正朝着那个熟睡的孩子扑去，就在那一瞬间，它突然卧倒在地，不能动弹了。大灰狼好像也抬不起脚来，它试着挪动一只脚，再挪动另一只脚，但是它发现自己仍然站在原地，于是它愤怒地朝着空中怒吼了几声。他们自然听不到那悲愤的吼声，只看到那只狼张大了嘴巴，厚厚的嘴唇在翕动。亮纽扣距离大灰狼仅仅有几步远，他听见了这怒吼声，便立刻从那无忧无虑的美梦中醒了过来。

亮纽扣先是看了看老虎，又看了看大灰狼，他的脸上流露出惊慌失措的表情。但是，他很快就看明白了阵势——这两只凶猛的野兽根本就无法靠近自己，于是他站了起来，好奇地看着它们，流露出孩子特有的调皮和童真的笑容。然后，他用脚踹向老虎的头部，并且抓住一根落下的树枝，朝着大灰狼狠狠地抽打。两只野兽尽管怒气冲天，却无可奈何。

然后，亮纽扣丢掉树枝，双手插入口袋，潇洒地离开了。

格林达看到后，立刻吩咐道：“让玻璃猫去找他吧，他就在后面那个方向。但是，到底有多远，我也不知道。快点儿去吧，玻璃猫，赶紧把他带回来，我们才好继续赶路。”

其实，玻璃猫向来不喜欢听人差遣，但是她内心却很怕这位了不起的女巫。所以，格林达话音未落，那只晶莹剔透的玻璃猫就如同箭一般地冲了出去，一瞬间就不见了踪影。

奥芝魔法师把镜子还给了格林达。此时，森林中那可怕的一幕已经在镜子中消失不见了。大家就地而坐，等待着亮纽扣的归来。不一会儿，他就出现在附近的树丛中。

当亮纽扣回到队伍中时，他气愤不已地怒骂道："真是一只不懂规矩的猫啊！以后不要再让玻璃猫过来找我了，她一点儿都不尊重我。"

格林达却严肃地警告他："就在刚刚，若不是我帮助你，也许你早就被那两只野兽吃掉了。请你不要再次走丢，让大家担心了。"

亮纽扣却说："我试试看吧，如果再次走丢，可不要怪我。其实这次走丢也不是我的错。"

第十六章

被法术困住的鱼

此时，我想给大家讲讲，库伊欧女王被追督施展了魔法变身为钻石天鹅之后，在漂浮的潜水艇中的欧维克和其他几个斯基泽人的情况。

这四个斯基泽人无不身强体壮，他们视欧维克为头儿。最初，库伊欧女王带着他们，满心希望她用银色的绳子套住追督之后，他们会助她一臂之力。其实，当时他们并不知道如何开动潜水艇，因此，当潜水艇漂浮在水面上，他们根本不知如何破解其中的魔法，真是一筹莫展——他们既不能把潜水艇沉入水下，也不能把它开回岛上。因为在这小小的潜水艇上，既没有划桨，也没有帆，它根本无法抛锚，只能静静地在湖面上漂浮。

此时，那只自我陶醉的钻石天鹅既不再想她的子民，也不再关心她的魔岛。她游到了湖泊的另一端，背后的欧维克一直在喊叫、乞求，她却充耳不闻。他们也没有更好的办法，只能失望地坐在艇中，等待其他人来救助他们。

可是，平头人根本不愿意救他们，他们洋洋得意地走回自己的山上。其他的斯基泽人都被困在那座大圆顶的建筑物中，自身难保，所以根本不可能去救欧维克他们。天色渐渐暗了下来，他们看到钻石天鹅依旧待在对岸，她从水中走到湖岸上，抖动着闪闪发光的羽毛，消失在远处那片低矮的灌木丛中，她应该是去寻找一处地方过夜了。

欧维克说："我饿了，很饿。"

一个斯基泽人说道："我就是觉得很冷很冷。"

另一个说："我只是很累。"

最后一个人说："我很害怕。"

即便他们大声诉苦，也不会有人听到。夜色笼罩着这四位斯基泽人，月亮慢慢升起来了，一片银色的光芒洒在湖面上。

欧维克对其他人说："你们睡觉吧，我来守夜，说不定会有人来救助我们呢！"

于是，其他三个人躺在潜水艇里，很快就进入了梦乡。

欧维克守护着他的三个伙伴，他趴在船头，把脸贴在湖面上，他的脑海中一遍遍回想着白天发生的事情，如同噩梦一般的场景。同时，他也很担心那些困在大圆顶建筑物中的斯基泽人。

突然，有一条金鱼从平静的湖水中探出脑袋，她就在欧维克的眼前。然后，又来了一条银色的鱼；不一会儿，一条铜鱼也露出了脑袋。三条鱼紧紧地排成一排，瞪着明亮的圆眼睛，她们看着欧维克那吃惊的表情。

“我们是三大法师，我们被库伊欧女王出卖了，就是她把我们变成这样的。”金鱼的声音温柔、淡定，在这寂静的夜晚，清晰而亲切。

欧维克说：“我知道库伊欧女王和你们的故事，真是非常同情你们的遭遇。从那时起，你们就一直生活在这里吗？”

鱼儿回答道：“是的。”

“我希望——希望你们——在湖水中生活得自由——自由自在！”欧维克很震惊，他只是结结巴巴地说了这句话，其他的就不知道该说什么了。

这时，铜鱼说：“库伊欧迟早会遭到报应，我们一直在等待着这一天的到来，今天终于应验了。如果你愿意帮助我们恢复原形，并且诚实守信，我们就可以帮助你去解救斯基泽人。”

欧维克说：“好的，放心吧，我会尽力而为。但是我不是魔法师，也不会魔法。”

银鱼说：“我们知道，你只要听从我们的安排就好了。我知道你是一个好人，平日里为库伊欧卖命也是身不由己，只是不想遭受无谓的惩罚。你就按照我们的吩咐去做吧，希望一切都可以顺利。”

欧维克说：“好的，我乐意效劳。告诉我，我该做什么呢？”

“你先去把库伊欧变形时不小心掉在潜水艇里的银绳找到，然后你再把银绳绑在潜水艇的一端，把绳子的另一端丢给我们，我们试着把潜水艇拉到岸上去。”金鱼说道。

欧维克不知道这小小的三条鱼是否能够把潜水艇拉到对岸，但是他还是按照她们的吩咐去做了。于是，三条鱼用嘴巴衔住银绳，朝着岸边拼命地游去，追督就是在那儿征服了库伊欧女王。

最初，三条鱼铆足了劲儿，潜水艇却丝毫未动。慢慢地，绳子越来越紧，潜水艇开始向岸边靠过去，而且速度越来越快。就在快要靠近岸边的时候，三条

鱼丢掉口中的银绳，朝旁边游去，小潜水艇在惯性的支配下继续前行，一直抵达前面的沙滩上。

欧维克趴在小艇边，问道：“然后我该做什么呢？”

银鱼吩咐道：“你去沙滩上找一个铜桶，就是追督今天丢在这里的那一个。桶里面有毒药，所以你必须得用湖水把它给洗干净，要洗得非常干净才可以。然后，你装满水，把它带到潜水艇边，把我们放入其中，我再告诉你怎么做。”

欧维克有些惊讶地问：“你的意思是要我抓住你们吗？”

银鱼回答道：“对，就是这样。”

于是，欧维克立刻跳出了潜水艇，找到那个铜桶。他拿着它走到很远的地方，使劲儿地冲洗，把它刷得干干净净的，并且用岸上的沙子把那铜桶重新擦了一遍。

然后，他又回到潜水艇中。

此时，欧维克的伙伴们还在酣睡，根本不知道欧维克和那三条鱼之间的故事和约定。欧维克把桶丢进水中，直到桶里装满了水。金鱼、银鱼、铜鱼也依次游到了桶里。然后，欧维克提起桶，为了不让水从中溢出来，他轻轻地倒掉一些多余的水。之后，他小心

翼翼地问道："接下来我要做什么呢？"

"请把水桶拎到岸边上，沿着湖泊朝东走一百米，你会看到一条小路，沿着它穿越草坪，翻越大山，一直往前走，直到你看到一间木棚屋，上面涂着紫色的墙粉，有白色的图案装饰。你在小屋门口停下脚步，我会告诉你往下该怎么做。在路上你一定要小心，千万不能绊倒，不能把桶里的水溢出来，否则我们三个就会因此而丧命，你前面所做的一切努力也将白费了。"

金鱼说完这些，欧维克赶紧点头答应，他立刻执行了她所说的话。他跨过三位正在熟睡的伙伴，把他们留在潜水艇上。欧维克走到岸上，朝着东边走了一百米，果然，他看到了一条小路，尽管它被野草掩盖，但是他的双脚一踏上去，那条路立刻清晰可见。欧维克沿着这条路一直往前面走去。他走过了一片青草杂生的宽阔的草坪，翻越了一座大山，穿越了一个山谷，又翻越了一座山，穿越了一个山谷……

欧维克不知道自己走了多久，此时，月亮已经落下去了，黎明即将到来。突然，他的眼前闪现出一座漂亮的小木棚屋，上面是紫色的墙壁、白色的图案。这里是如此的偏僻，只有这一座小小的房子，土地看上去也是一片荒芜。显然，这里并没有人居住，谁愿

意住在这不毛之地呢?

欧维克已经没有时间多想了，他走进小棚屋的大门，这才小心翼翼地放下水桶，他弯下腰问：“我下一步该做什么呢？”

第十七章

大圆顶建筑物之下

格林达带着队伍一直走到平头人的魔山下面，因为他们是穿越森林而来的，所以他们离奥芝玛和桃乐丝所走的那条路很远。

一行人停住了脚步，他们不知道应该先去找追督，还是先去斯基泽岛。

奥芝魔法师说："如

果我们就这样上了山，追督肯定不会放过我们的，这样就会耽误我们去营救奥芝玛和桃乐丝。所以，我们还是先去斯基泽岛吧，把那座沉没的岛屿给抬起来，救出我们的朋友和那些可怜的斯基泽人。然后，我们再一起回到平顶山，惩罚那个不可一世的追督。”

邋遢人点点头：“我认为魔法师说得对。”

其他人似乎也认可魔法师的话，包括格林达在内都没有提出异议。于是，他们就朝着那一排排棕榈树走去，后面就是美丽的斯基泽湖。

很快，他们就来到了斯基泽湖，这里的树木紧紧地挨着，几乎垂到地面的树枝纠缠在一起，甚至连小小的玻璃猫都找不到可以穿过去的缝隙。

稻草人说：“眼前的活儿就交给铁皮人吧！”

铁皮人拿出随身携带的斧头，一眨眼的工夫，他就砍掉了许多树枝，然后大家顺着他砍出来的路走了过去。

不一会儿，这一行人就来到了美丽的斯基泽湖边，望着这美丽而平静的湖面，他们却无心欣赏。这一行人仔细地观察了沉没岛屿中大圆顶的轮廓线，它距离岸边很遥远，不偏不倚，就在湖泊的正中心。

他们的眼睛盯着这个神秘的大圆顶，他们知道奥芝玛、桃乐丝还有那将近一百位斯基泽人就被困在其

中。不一会儿，他们的眼前就游来了一只光彩夺目的钻石天鹅，她游过他们的身边，骄傲地挺着长长的脖子，紫英石的眼睛闪烁着耀眼的光芒，那缀满钻石的羽毛翅膀在阳光下光彩动人。

格林达说："看，这就是库伊欧女王，这个目中无人的女王背叛了三大法师，就是她用残忍的手段统治着斯基泽人。"

蛙人却说："可是现在的她很美丽。"

特洛特说："这一点儿也不像惩罚，追督应该把她变成一只无比丑陋的癞蛤蟆。"

格林达说："这样已经够了。我认为这就是对她最好的惩罚，她已经失去了所有的魔法以及那座富丽堂皇的王宫，她再也无法统治和欺辱那些可怜的斯基泽人了。”

奥芝魔法师说：“不如我们叫过她来，问问她，和她交流一下。”

于是，格林达喊来了钻石天鹅，她优雅地朝着他们游过来。还没等他们说话，库伊欧就先叫了起来，可是她的声音非常刺耳。当然，天鹅的声音向来刺耳、嘶哑，她骄傲地说：“你们这些可恶的陌生人，是不是很羡慕我呢？我就是库伊欧，整个奥兹国最漂亮的动物。”

稻草人回答说：“毫无疑问，你很漂亮，但是你的行为却很可耻，库伊欧。”

“什么行为呢？我们天鹅就是游来游去，让懂得欣赏的人欣赏我们，以我们的美丽取悦他人。别的，我们什么都不会做啊！”天鹅骄傲地回答道。

“难道你已经忘记之前的生活了吗？包括你的魔法、巫术以及你的岛屿？”魔法师问道。

“魔法？巫术？这样无聊的事情值得我在乎吗？”库伊欧反驳道，“我过去的生活如同一场噩梦，我当然不愿意回去了，就算让我回去，我也不回。陌生人，说了这样多，你们还是在嫉妒我的美丽吧？”

格林达抱着一线希望，继续问：“库伊欧，请听我说，如果你还记得你的巫术，请告诉我，如何把沉没之岛升到湖面上来，快点儿把这个秘密告诉我吧！我会送给你一串华丽的项链，戴在你的脖子上，让你显得更加光彩照人。”

天鹅说：“我不需要，因为我已经是世界上最美丽的动物了，那些点缀只会显得我很愚蠢。”

格林达继续问：“可是，你能告诉我们怎样才可以让沉没的岛屿浮上来吗？”

天鹅回答道：“我已经忘记了，我也不知道。也许我以前知道，但是现在我真的忘记了。当然，我很高兴自己记不得那些事情了。你们还是欣赏一下我的舞蹈吧，看看我是多么美丽啊！”

亮纽扣不屑一顾地说：“这只天鹅除了炫耀自己，什么都不记得了，她实在太自以为是了。”

贝翠叹了口气说：“是的，可是不管怎样，我们都要救出奥芝玛和桃乐丝。”

稻草人接着说：“我们只能依靠自己救她们了。”

亨利叔叔很着急，他一想到自己心爱的侄女桃乐丝此时正在深不可测的湖底，内心就惶恐不安。他说：“可是，我们应该怎样救出她们呢？真不知道怎么办才好！”

足智多谋的奥芝魔法师看起来也毫无办法，他说：

“这件事情就交给格林达吧！”

格林达却说：“如果这只是一座普通的岛屿，我倒是有办法让它浮上来，可是这座岛屿具有魔力，需要神奇的魔法才可以让它浮出水面。这魔法的秘密除了库伊欧，谁也不知道。所以，这座岛屿只服从一种咒语的安排，其他的咒语无法破解它。我并不是打算放弃，只是要解决眼前的问题，还需要进行深入的研究。如果那只钻石天鹅还记得她所发明的魔法，我倒可以逼迫她说出来，但是她好像已经忘记了之前的所有事情。”

听到格林达这番话，大家沉默下来。魔法师说：“我记得这个湖泊里有三条鱼，是之前的三大法师，库伊欧的法术也源自她们。如果我们可以找到那三条鱼，让她们恢复之前的法术，或许她们可以告诉我们怎样才可以让那座岛屿浮出水面。”

格林达说：“我之前也这样想过，但是湖泊里那么多鱼，我们怎么才能找出那三条与众不同的鱼呢？”

此时，如果格林达还在自己的宫殿里，她只需要看看魔法大记事簿，就可以看到欧维克已经把金鱼、银鱼、铜鱼救出来了。但是，格林达离开了城堡，她就无法知道这件事情了，毕竟她没有随身携带魔法大记事簿。

“我看到岸边有一艘潜水艇，咱们不如乘坐它，沿着湖泊转一圈，呼唤一下那三条鱼，说不定会找到她们。”奥乔指着远处的潜水艇说。

奥芝魔法师说：“也好，我们去那里瞧瞧吧！”

于是，这一行人就朝搁浅在沙滩上的潜水艇走去。到了才发现小艇原来是空的，它只是一个乌黑的钢壳，本来潜入水中可以防水的船顶都塌陷了。小艇上没有划桨，没有船帆，也没有机器，所以根本无法开动起来。格林达一眼就看出来，这小艇的开动需要魔法，无奈的是，她根本不懂如何破解它。

格林达说：“这不过是一艘小艇罢了，我相信自己的法术可以让它听从我的安排。不过得等我研究明

白，它才可以带着我们去任何想去的地方。”

奥芝魔法师却说：“这艘小艇根本装不下那么多的人，就算你可以开动它，这艘小艇对我们又有什么用呢？”

亮纽扣说：“我们可以用它来找到那三条鱼吗？”

格林达说：“我们没有必要用它来寻找那三条鱼，其实不管那几条魔鱼在什么地方，她们都会回应我的呼唤。我很好奇，这艘小艇是怎么到岸上来的，它本应该在那座沉没的岛上。我在想小岛沉没之前，库伊欧是不是曾坐着它来到这里，与平头人有过争执呢？”

他们谁也无法回答这个问题，就在他们思考这件事情的时候，从不远处的棕榈树那边走出来三个年轻人，他们忐忑不安地朝这些陌生人鞠了个躬。

魔法师问道：“你们是谁？从哪里来？”

其中一个小伙子回答道：“我们是斯基泽人，就住在那座斯基泽魔岛上。刚刚，我们看到了你们，觉得很害怕，就逃跑了。但是我们仔细地观察了一会儿，你们看上去很友善，就决定出来见见你们。我们斯基泽人遭遇了一场灾难，希望你们能够伸出援手相助。”

格林达问：“既然你们生活在斯基泽岛上，又怎么会来到这里呢？”

于是，这三个小伙子对他们讲述了整件事情的经过——库伊欧是怎么对付平头人的，她把岛屿沉没在湖底，敌人就无法与她对抗。当平头人来到岸边，库伊欧就命令欧维克和他们一起乘坐小艇去应战，这艘小艇从沉没的岛屿中被射出来，在库伊欧咒语的操纵下，一下子升到湖面上……

就这样，格林达知道了追督是如何把库伊欧变成了一只天鹅，后来她忘记了所有的魔法……

三个年轻人说他们晚上睡觉的时候，欧维克却神秘地失踪了，而他们身下的小艇也不知如何漂到了岸边，被搁浅在沙滩上。

他们一直在寻找欧维克，就这样找了三天三夜，还是没有找到。小岛沉没在湖底，三个斯基泽人没有办法回去，他们只好耐心地守候在小艇的旁边，等待奇迹的发生。

格林达和奥芝魔法师向他们打听了奥芝玛和桃乐丝的情况，三个年轻人把自己知道的事情一一说出。于是，他们断定奥芝玛和桃乐丝应该还在大圆顶建筑物里面，目前她们还是安全的，奥莉克丝小姐肯定会全心全意地照顾她们，毕竟一直欺压她们的库伊欧再也无法控制斯基泽人了。

听完了三位年轻人的话，魔法师对格林达说：“如果你可以用魔法操纵这个小艇，不妨把它开到岛上，然后把它沉下去，让它进入它原来所在的地下室中。问题是，就算我们到了那座沉没的岛屿上，也不一定能够救出我们的朋友，说不定咱们也会被关进去。”

格林达说：“亲爱的朋友，事情没有你想象得那么糟糕。如果小艇听从我的命令进入了地下室，它肯定也会听从我的指示再次出来，到那个时候，我就可以把奥芝玛和桃乐丝一起救出来。”

其中一位斯基泽人立刻焦急地问道：“那么，我们斯基泽人依旧会被关在里面吗？”

魔法师说：“放心吧，格林达可以用那艘小艇多跑几趟，把斯基泽人全部救出来。”

另一个斯基泽人却忧心忡忡地说：“就算把他们全部救出来，又能够怎样呢？从此之后，我们再也无家可归，还要忍受平头人的欺辱。”

格林达叹了口气，说：“不过，那些斯基泽人都是奥芝玛的臣民，她肯定不会跟桃乐丝逃出来，而放下他们不管，或者弃整个斯基泽岛而不顾。我看最好的办法就是把那三条鱼找出来，问问她们怎样才能让小岛浮出水面。”

奥芝魔法师摇摇头，他认为找到三条鱼的希望很渺茫。

于是，他转过头问格林达：“你打算怎么召唤她们呢，怎样才能让她们听到呢？”

格林达一脸严肃地说：“这件事情我会思考周全的，我肯定会找到最合适的办法。”

奥芝玛的顾问团这才放下心来，他们不由得鼓起掌来，他们似乎把所有的希望都寄托在了格林达的身上。

奥芝魔法师也欣慰地点点头：“格林达，请你把鱼召唤过来吧！”

第十八章

欧维克的计策

现在，让我们来说说斯基泽人欧维克吧。他提着那个铜桶，来到那座小木棚屋的前面，他放下水桶，问里面的三条鱼：“我接下来该做什么呢？”

桶里的金鱼露出脑

袋，用亲切、清晰的声音告诉他：“你去拔掉门闩，打开大门，走进小屋里。不管你遇见了什么都不要害怕，因为不管现实看起来多么可怕，其实都不会伤害到你。这座小屋的主人是一位百变大王，她被人称为红里拉，她的法术高强，可以变成任意模样，有时一天之内都会变好多次，只需要一秒钟的时间，她就可以变成其他的模样，而且想变什么就变什么。她真正的模样是什么样，我们无从知晓。这个怪物既不爱金银珠宝，也不能用友谊来拉拢，对了，她好像也不同情任何人。所以，她从来不主动帮助别人，也从不得罪别人，她所有神奇的法术，好像只是为了满足自己的兴趣。当你走进屋里的时候，她肯定会命令你出去，但是你不要理睬。你就留在屋内，仔细地观察她，看看她会用什么样的法术来变形。等你发现这个秘密的时候，再来悄悄地告诉我们，我们再来告诉你下一步做什么。”

“好的，”欧维克回答道。他牢牢地记住了金鱼说的话，但他还是有所担忧，“你确定她真的不会伤害我，或者她不会把我变形吗？”

“也许她会一怒之下把你变形，”金鱼回答道，“但是即便如此，你也不要害怕，我们可以破解这种魔法。放心吧，年轻人，你就大胆地往前走吧，不管你遇到了什么、看到了什么都不要害怕。”

现在，欧维克充满了力量，他信任这三条鱼，也相信她们所说的一切。但是，当他拎起桶走进小屋的时候，内心依旧充满了恐惧。当他拨开门闩的时候，双手开始颤抖，他不停地告诉自己要镇定，一定要完成金鱼所交代的任务。于是，他推开门，迈开双腿走了三步，来到小屋中间，停住了脚步，观察着四周。

如果没有之前鱼儿们的警告，相信眼前的场景一定会吓到任何人。在欧维克的面前，躺着一条鳄鱼，红色的眼睛非常凶狠可怕，它张着血盆大口，露出两排坚硬的牙齿；一只硕大无比的癞蛤蟆在四周蹦来蹦去；屋顶上的四角都结着厚厚的蜘蛛网，每个蜘蛛网上都坐着一只巨大的蜘蛛，伸着像钳子一样的爪子；窗台上还趴着一只红绿相间的蜥蜴；小屋的地板上都是一个个的黑洞，还有一只黑色的耗子在其中钻来钻去。

最可怕的当属那只灰色的大猴子，她就坐在长椅上编织着一件东西。她戴着一顶老太太戴的花帽子，围着一条花围裙。她的眼睛很明亮，好像燃烧着红红的火焰。这只灰猴子像人类那般灵活自如，欧维克一走进屋子，她就停止了编织，一动不动地盯着欧维克。

“滚！”那只灰猴子呵斥道。

欧维克并不理睬她，他看到前面有一张空椅子，就跨过那条凶狠的鳄鱼，坐在上面，并把水桶小心地放在身边。

“滚出去！”那尖锐的叫声又一次喊起来。

欧维克不予理睬，只是摇了摇头。

“我必须留下来！”他说道。

四只巨大的蜘蛛从房屋的角落里聚了过来，它们冲向这位年轻人，并且伸出钳子一样的爪子围在他的脚边。欧维克并不予理会，那只巨大的黑耗子蹿到欧维克的身上，从他的肩膀上跑了过去，发出刺耳的尖叫声，欧维克并没有害怕，也没有退缩。这时，那只红绿相间的蜥蜴跑到窗户的下面，爬向欧维克，吐出了火焰，但是他只是看着蜥蜴，丝毫没有畏惧，毕竟那火焰并没有伤害到他。

鳄鱼抬起尾巴，向着欧维克爬过来，用力一击，将他从长椅上扫了下来。即便如此，欧维克依然努力地保护着水桶，竭力不让它打翻。他站起来，抖掉身上的癞蛤蟆，重新坐到长椅上，看护好那三条鱼。

经过这一回合的较量后，这些怪物原地不动地待在那里，好像在等待着新的指令。此时此刻，灰猴子依然在淡定地干着编织的活儿，欧维克也稳稳当当地

坐在长椅上，他预料一定会发生其他的事情，但过去了一个小时，却什么也没有发生，欧维克开始紧张起来。

灰猴子终于开口说话了："你想从我这里得到什么？"

欧维克却说："我并不需要任何东西。"

"那是因为你不可能得到。"灰猴子仰天大笑，话音未落，房屋里其他的动物就跟着一起大笑起来。

又过了很久，灰猴子才开口说："你知道我是谁吗？"

欧维克说："久仰你的大名，你就是百变大王红里拉。"

"你懂得真多，你是不是也听说过，我讨厌陌生人，你就这样冒冒失失地闯了进来，惹恼了我。难道你不害怕我吗？"

"我不怕！"欧维克镇定地回答道。

"难道你不打算听从我的安排，离开这里？"

欧维克依旧平静地说："是的，我从未想过离开。"

灰猴子继续编织东西，许久之后，她才再次开口说话："好奇心真是伤人，我想你也许听说过我会魔法，所以好奇心驱使你来到了这里。大概你也听说了，我从不伤害别人，所以你就壮起胆来试试运气，试着不顺从我的命令。你也许认为自己可以目睹我作法的整个过程，并以此为乐，是吗？"

欧维克正不知该如何解释自己前来这里的目的，

于是他赶紧回答道："说得对，但是又不全对。我听说你作法是为了娱乐自己，但是你不觉得这样做很自私吗？我听说你是整个奥兹国最伟大的百变大王，你为什么不把这种享受魔法的快乐分享给别人呢？"

"我为什么要听你的话呢？"

"我好像没有权利干涉你。"

"你来到这里，难道不需要我的帮助吗？"

"我一点儿也不需要。"

"你真聪明，要知道我从来不帮助任何人。"

欧维克说："这个我倒不担心，因为我不需要帮助。"

"我觉得你很好奇，你难道不希望看看我的变形魔法吗？"

"如果你想变着玩，那你就尽情地变吧！"欧维克说，"可是我或许没有心情看，或许也会看着玩。如果你想继续编织，我也无所谓，我一点儿都不关心你会做什么。"

听到这些话，红拉里困惑不已，她那花边帽下面的那张毛脸却没有任何的表情，也许这位百变大王此生从未和这样的年轻人这样交流过——他竟然什么也不祈求，什么也不期待，好像没有任何缘由，甚至也不好奇。这种态度让百变大王有些不知所措，但她觉得很安全，所以她开始莫名地对他很友善。百变大王坐在那里又编织了一会儿，沉思了许久才站起来，走到一个橱柜前面。当橱柜门被打开的时候，欧维克看到了很多抽屉，红里拉把她那只毛茸茸的手伸进了后面两排的抽屉中。

直到此时，欧维克才发现灰猴的背是弯曲的，就在一瞬间，她的背挺了起来，遮住了橱柜。那只灰猴子立刻变成了一个漂亮的女人，穿着美丽的吉利金服饰，当她转过身来，欧维克才发现她原来是一个年轻的女孩，长相甜美且迷人。

红里拉微笑着说："这样的我，你看着会舒服一些吧？"

"是的，舒服多了！"他冷静地说道，"但是我并不是很喜欢你现在的模样。"

她大笑着说："每当中午炎热的时候，我就喜欢变成猴子，因为猴子们无须穿衣服，但是一位绅士前来拜访，我就得好好打扮一下了。"

欧维克发现她的右手紧紧地握着，好像握着什么重要的东西。她关上了橱柜，弯着腰用手一挥，就在一瞬间，那条大鳄鱼就变成了一只红色的狼——它如同一只丑陋的狗，盘坐在女主人的身边，锋利的牙齿

像鳄鱼一样令人恐惧。

然后，百变大王又用手轻轻地碰触了蜥蜴、癞蛤蟆和耗子，这些动物立刻变成了小猫，耗子则变成了一只花栗鼠。此时，唯有那四只大蜘蛛依然躲在厚厚的蛛网里，让人毛骨悚然。

红里拉大声叫喊道："看哪！现在我的小屋子温馨多了吧？我喜欢蛤蟆、蜥蜴和老鼠，虽然这些动物并不讨人喜欢，其实它们一直保持一种模样，我也会不喜欢。所以，我总是不停地让它们变身，每天都会变形十几次之多。"

欧维克说："你真聪明，我都没听到咒语，它们就已经变形了，我只看到你用手轻轻地碰触了它们一下，你真是了不起的魔法师。"

她笑着说："你真的这样想吗？如果你喜欢，你也可以试着碰触一下，看看它们会不会变形。"

"不行，"欧维克说，"毕竟我不懂魔法，即便我懂得，我也不愿模仿你来施展魔法。你才是真正的百变大王，我只是一个平凡的斯基泽人。"

欧维克所说的这些话正中红里拉的心坎，她看起来很开心，其实她就喜欢听别人恭维自己。

"难道你还不愿意离开吗？说实话，我只喜欢一个人待着。”红里拉说道。

欧维克却说：“我不愿意走，倒是很想待在这里。”

“你在别人的家里并不受欢迎，你还愿意这样待着？”

“当然。”

红里拉笑着问：“难道你的好奇心还没有得到满足吗？”

“很难说，难道你只懂得这些魔法？”

“其实我还会很多，但是我为什么要把这些都表演给你这个陌生人看呢？”

欧维克说：“是的，好像也没有必要。”

红里拉用奇怪的眼神盯了他一会儿，她真的看不透眼前的年轻人。于是，她不解地说：“你自己并不想学魔法，又愚笨得要死，所以别想偷走我的魔法秘诀。这个小屋是这样的阴暗简陋，外面却阳光明媚，处处生长着美丽的鲜花，还有一片辽阔的草原，可是你却更愿意待在我这简单的长椅上，惹我生气，你明知我并不希望你继续待在这里。请问，你的桶里装的是什么？”

“三条鱼。”他回答道。

“哦，你从哪里得到她们的呢？”

“我从斯基泽湖里抓到的。”

“可是，你抓这些鱼做什么呢？”

“我想把她们送到一个朋友家里，那个朋友有三个孩子，孩子们肯定会喜欢这些鱼。”

她走到长椅前面，朝桶内望去，只见三条鱼正在水中自由自在地游泳。

红里拉好像很喜欢她们，她感慨道：“真漂亮，我想要把她们变成其他的东西。”

欧维克却拒绝道：“不行！”

“让这些可爱的东西变形才会更有趣，我还从未让鱼儿变过形呢。”

欧维克又一次拒绝了她：“还是让她们保持原来的模样吧！”

“你想让她们变成什么呢？我可以把她们变成乌龟，或者可爱的小海马，或者把她们变成小猪、兔子和豚鼠。当然，如果这一切你都不喜欢的话，我还可以让她们变成小鸡、老鹰或者鲣鸟。”

欧维克装作不耐烦地说：“拜托你还是让她们保持原形吧！”

“你真是一位挑剔的客人！”红里拉哈哈大笑着说，“别人都指责我暴躁、不合群、古怪，正如他们所说，我就是这样的人。如果你来到这里恳求我帮忙，恭维我的话，我肯定会咒骂你，直到你离开这里。但是，你好像并不是特意来找我帮忙的，你和我真的很像——不合群、挑剔、难伺候，所以我挺欣赏你的个性，也可以忍受你对我的粗鲁无礼。现在我饿了，要吃午饭了，你饿了吗？”

“我不饿！”欧维克回答道，事实上他饿得几乎要昏过去了。

“好吧，我可是饿坏了！”红里拉说完，拍了拍双手，就在一瞬间，他们的眼前就出现了一张桌子，上面铺着亚麻桌布，摆放着各种各样的食物，不停地冒着热气。桌子的两端放着一只盘子，红里拉刚刚坐下，那些动物就一起围了上来，它们想要吃红里拉手中的食物，看来它们早已习惯在吃饭的时候让她喂东西吃——那匹狼蹲在她的右边，小猫和花栗鼠围在她的左边。

红里拉愉快地招呼道：“来吧，亲爱的陌生人，坐下来吃点儿东西吧！我们一起商量一下，应该把你的鱼变成什么呢？”

“我还是更喜欢她们现在的样子！”欧维克回答道，他把长椅拖到桌子边上，一边欣赏一边说，“你看这些鱼多么美丽，一条金鱼，一条银鱼，一条铜鱼，我认为这个世界上任何有生命的东西都没有鱼美丽。”

“你说什么？难道我还没有她们漂亮吗？”红里拉一本正经地问道，同时，她的脸上绽放出一丝微笑。

“你是伟大的百变大王，当然很美丽。”欧维克说完，就津津有味地吃起饭来。

“你难道不认为一个美丽的女孩比一条鱼漂亮多了吗？不管这条鱼多么的可爱、迷人。”

欧维克沉思了一会儿，回答道：“也许你说得对！如果你把我这三条鱼变成三个女孩，三个法术高强的女孩，我有可能会很开心。当然，你肯定不会那么做，毕竟你的法术再高强也没有强大到那种程度。如果你

真的愿意那样做，最后遭罪的还是我。毕竟女孩不同于鱼，她们肯定不愿意任由我摆布，如果她们是法术高强的女孩，我估计她们更不愿听我的话——或许，她们还会命令我服从她们呢！所以，请求你，无比尊贵的红里拉小姐，千万不要把这些鱼变成法术高强的女孩啊！”

欧维克的这段话说得太精彩了，他明白自己不能把让金鱼变形的事情表现得那么急不可耐，否则，百变大王就不会真正施法，更不可能把三大法师变回原来的模样。幸好聪明的欧维克最终巧妙地让她还原了三大法师的容颜。

第十九章

百变大王红里拉

等他们吃过饭后，红里拉开始喂她的宠物，那四只奇形怪状的大蜘蛛从蛛网上爬下来，一起分享了美食。然后，红里拉又用魔法变走了小屋地板上的饭桌。

红里拉继续着手编织的活儿，她说道：“我还是想让你桶中的三条鱼变形，你同意我那么做吗？”

欧维克没有立刻回答她的问题，因为他知道这件事情着急不得。所以，整个下午他们都很沉默。中间，红里拉走到橱柜跟前，把手伸进一个抽屉中，并且用手摸了摸狼，把它变成了一只羽毛华丽的鸟儿。这只鸟儿比鹦鹉还要大，但是长相却与鹦鹉不同，欧维克从没有见过这样的鸟儿。

“唱歌吧！”红里拉对这只站在木桩上的鸟儿喊道，好像它一直都在这间房屋里，知道自己究竟该做什么才会讨好主人。

于是，这只鸟儿唱起欢快的歌曲，如同一位接受过严格训练的演员那般，从它的嘴巴里流淌出的歌儿真是美妙动听。欧维克听得津津有味，这只鸟儿唱了一个多小时才停下来，然后它把头埋在翅膀里，累得睡着了。红里拉继续做着手中的编织活儿，但是她眉头紧锁，看上去心事重重。

此时，欧维克已经留意到了那个橱柜，他知道红里拉肯定是从橱柜里拿出什么东西，来完成她的变形魔法的。他心中暗自打着小算盘——如果他再坚持一会儿，等红里拉睡着了，他就可以偷偷地打开橱柜，从抽屉里取出一些东西来，拿出一份丢进铜桶中，让那三条鱼恢复原形。他已经决定要这样做了，同时，他认为这是一个绝妙的主意。

百变大王放下手中的编织活儿，走向门口，她说道："我先出去一会儿，你打算跟我一起出去转转，还是继续留在这里呢？"

欧维克继续沉默地坐在长椅上，并没有回答她的问题。于是红里拉走了出去，并带上了小屋的门。

看到她真的走远了，欧维克这才站了起来，蹑手蹑脚地走向橱柜。

没想到，小猫和花栗鼠都大声叫喊起来："小心呢！小心呢！如果你敢碰触任何一样东西，我们都会告诉百变大王的！"

欧维克停了下来，但是他想到只有这样才可以让三条鱼恢复原形，他真的管不了那么多了，还是先打开橱柜再说吧。这时，三条鱼却从水中探出头来，制止了他："欧维克，不可以那么做！"

欧维克回到水桶边，弯下身来。

"别去动那橱柜。"金鱼紧张地说，"就算你拿到魔药也没有用，因为只有百变大王才知道它的用法。其实，唯一可以救助我们的方法就是恳求她把我们变成三个女孩，那么我们就可以恢复原形，也可以施展我们的法术了。我真没有想到你是那么聪明，就连红里拉也被你哄得团团转。按照你之前的方式做下去吧，想办法让她把我们变成三个女孩。记住，一定要想办法让她把我们变成女孩。”

金鱼说完这些话，就沉到了水中。此时，恰巧红里拉进到小屋中。她看到欧维克正趴在水桶上说话，就走了过来，好奇地问：“这三条鱼会说话吗？”

他回答说：“是的，她们偶尔会说话，其实奥兹国所有的鱼儿都会说话。刚刚她们在向我要面包，她们实在太饿了！”

红里拉来了兴趣：“好啊，快点儿给她们一些面包屑吧！一会儿就要吃晚饭了，如果你同意我把鱼儿变成三个女孩，她们就可以和我们一起共进晚餐了，而且她们还可以吃到比面包屑更美味的食物。所以，请允许我把她们变形吧？”

欧维克装作思考了一会儿，好像很迟疑的样子：“好吧，不如我们问问这些鱼吧！如果她们同意的话，我们不妨试一试。可是，等一下，我还要仔细想想。”

红里拉俯下身对着水桶问：“小鱼儿，你们可以听懂我们的对话吗？”

三条鱼一起把头探出水面，铜鱼回答道：“当然可以。”

红里拉说：“我想把你们变形，比如变成小白兔、乌龟，或者小女孩，但是你们的主人，就是这位斯基泽人却很自私，他不允许我这样做。不过，只要你们同意我这样做，他也没办法。”

银鱼说：“我们更愿意做女孩。”

“不要！千万不要！”欧维克喊道。

“如果你可以把我们变成三个美丽的女孩，我们就答应你！”银鱼说。

“不要！千万不要！”欧维克叫了起来。

“恳求你把我们也变成魔法大师吧！”铜鱼说。

“我真不明白这是什么意思，但是魔法大师肯定没有百变大王的法术高强，所以我决定满足你的要求。”红里拉说。

金鱼说：“其实，我们并不会伤害你，或者干扰你作法，其实我们更想做你的朋友。”

“好吧，我答应你。但是你们能向我保证，不管什么时候我命令你们离开这里，让我一个人待一会儿，你们都会照办吗？”红里拉问道。

“当然能保证！”三条鱼一起高声承诺。

欧维克却着急地说：“不要！不要答应她让你们变形啊！”

百变大王却说：“她们已经同意了，你答应我一切听从她们的决定，所以，年轻人，不管你乐意不乐意，我可要施展变形魔法了。”

欧维克坐到长椅上，装出一副怒气冲冲的模样，心里却在暗自高兴。红里拉走到橱柜跟前，从抽屉里取出一样东西，回到铜桶跟前。她的右手握着一些东西，左手伸进水桶中，抓住那三条鱼，把她们放在地板上。三条鱼离开了水，顿时无法呼吸，非常不舒服。

红里拉并没有让她们难受很久，她用右手轻轻地碰触她们，于是这三条鱼顿时变成了三个美妙可人的年轻女孩，她们貌美如花、温柔聪慧，都穿着华丽的服饰——金鱼有一头漂亮的金发，她那蓝色的眼睛、白皙的皮肤格外迷人；银鱼的头发雪白，皮肤细腻，有一双深褐色的眼睛，她那粉红色的脸颊与宝石红的嘴唇相映生辉；铜鱼有一头深褐色的头发，她的皮肤如同头发和眼睛一样惹人喜爱，那双清澈的灰眼睛好像会说话。

她们刚刚恢复了女孩的模样，就向着百变大王鞠躬道：“谢谢你了，红里拉。”

然后她们又向着欧维克鞠躬致谢：“同样谢谢你，欧维克。”

百变大王叫喊道，她好像很满意自己的这次变形：“真是美妙啊！你们看上去可比鱼儿要可爱多了，刚刚那个可恶的斯基泽人还死活不让你们变形呢。所以，你们不要感谢他，咱们去庆祝吧，庆祝你们这次成功的变形。”

她拍了拍手，小屋里就出现了一张桌子，上面满是食物。这次是一张大桌子，除了自己和欧维克以外，她还为三大法师准备了位置。

“亲爱的朋友们，坐下吧，随便吃点儿东西，不要客气。”百变大王招呼道，但是她没有在首席上坐下，而是走到橱柜的前面，对三大法师说道：“你们看上去是那么优雅、那么美丽，为了庆祝这次聚会，我打算恢复原形后再坐下。”

她的话音未落，就变成了与三大法师一样可爱的女孩，她没有她们高大，但是更丰满，衣服也更为华丽，她的腰间扎着美丽的宝石腰带，戴着闪耀的珍珠项链。她有一头明亮的红褐色的头发，乌溜溜的眼睛看上去很神秘。

欧维克惊讶地问：“这就是你本来的模样吗？”

她回答道：“是的，这就是我的样子，但是我很少展示自己原来的模样，毕竟这里并没有人崇拜我或者欣赏我，我总是自我欣赏，好像也挺没意思的。”

欧维克开了个玩笑：“现在我终于知道你为什么叫红里拉了。”

她笑得很动人，解释道：“大概是因为我有一头红色的头发吧，但是我并不喜欢这头红头发，这也是我常常以其他形象出现的原因之一。”

“但是你很美！”年轻的斯基泽人忍不住赞美道。这时，他突然想起来身边还有几个女孩，便不好意思地说，“毕竟，并非所有的女人都有红头发，如果那样的话就不稀罕了。其实，金发、银发、褐发都让人觉得很漂亮。”

这时，欧维克看到四个女孩看着彼此偷笑，他顿时觉得很尴尬，就只好用吃饭来掩饰，让她们几个交流一下。三大法师坦诚地向红里拉做了自我介绍，她们给她讲述了自己的故事——怎样被库伊欧女王变成了三条鱼，怎样秘密地计划让百变大王把她们重新变回原来的模样。她们承认，如果当时她们来请百变大王帮忙，害怕她会拒绝。

百变大王毫不含糊地说："是的，不过你们现在已经恢复了原形，我并不后悔。我只希望你们可以让沉没之岛浮起来，救出那些可怜的斯基泽人。但是，你们一定得答应我，一旦离开这里，就千万不要再回来，更得为今天所有的事情保密。"

于是，三大法师和欧维克对百变大王表示感谢之后，他们保证自己一定会记住她的话，绝不会再回来，就告别离开了。

第二十章

令人心烦的事情

最后，好女巫决定对废弃的潜水艇施展魔法，让它听从自己的指挥。她唯独留下了奥芝魔法师，而让顾问团的其他成员和那几位斯基泽人离开湖岸，躲到棕榈树的下面。因为她作法的时候，需要魔法师的配合。

当潜水艇上只剩下他们两个人的时候，格林达对魔法师说："我想自己可以先试试第1163号魔法，这个魔法可以让任何没有生命的东西听从我的指挥，你带魔法棒了吗？"

"是的，我总是随身携带着它。"奥芝魔法师一边说一边从魔法包里掏出一根明亮闪光的魔法棒，递给了格林达。格林达也随身携带着一个小小的魔法包，里面装着各种奇形怪状的魔法工具，她从里面掏出一包粉末、一瓶药水，然后把药水倒在魔法棒上，加上粉末，魔法棒立刻噼里啪啦地响起来，向着四面八方喷出亮紫色的火花。格林达踏上潜水艇，高举着魔棒，那些火花纷纷落在她的周围，把黑色的钢铁潜水艇盖满了，同时，格林达用亲切、动人的声音念出一道咒语。

不一会儿，紫色的火花就熄灭了，落在潜水艇上的火花也不见了踪影，潜水艇上面什么都没有留下。待仪式结束后，格林达把魔法棒还给了魔法师，魔法师又把魔棒放进了自己的黑色皮包中。

魔法师说："我们应该成功了吧？"

格林达答道：“不如我们先试一下看看吧！”

于是，两个人坐进了潜水艇中。

格林达命令道：“请带着我们穿过湖泊到对岸去。”

潜水艇立刻从沙滩上朝后面退去，到了水面上，它潇洒地掉转头，飞快地移动起来。

“哇，实在太棒了！”奥芝魔法师惊呼道，就在小艇快要到达对岸的时候，速度渐渐降了下来。

魔法师感慨道：“我相信即使库伊欧女王使出浑身解数，也不见得比你厉害。”

格林达又对潜水艇命令道：“快点儿停下，沉下去，带我们去那座沉没之岛的地下室的入口，库伊欧女王曾命令你从那里出来。”

潜水艇很听话，就在它下沉的过程中，它的两侧升起两块挡水板，在格林达和奥芝魔法师的头顶上连在了一起。这个防水罩的前后左右各有一扇玻璃窗，坐在里面可以清楚地看到它前进的方向。潜水艇在水下的速度好像慢了许多，不过，它总算还是航行到了小岛的一端，它用前端抵住地下室的大理石门，就此停靠了下来。这扇大门紧紧地关闭着，他们一眼就看出来，这是一扇被咒语控制的大门——除非有人在地下室念动咒语，否则他们根本无法打开这扇门，让小艇进去。可是谁又知道咒语呢？他们感到很茫然。

奥芝魔法师有些后悔地说：“唉！真怕白白折腾了这么久，最后我们也被困在里面了。当然，除非你可以用魔法打开这扇被咒语控制的大门。”

“也许咒语只有库伊欧才知道吧。”格林达叹了一口气说，“我倒是可以弄明白这个咒语是怎么读的，但是我需要一些时间，不如我们先回到湖面上吧！”

“我们驯服了这艘潜水艇，却被挡在了大理石门外，运气实在不佳！”魔法师嘟嘟囔囔地抱怨道。

格林达下达命令以后，潜水艇就开始上升，一直升到斯基泽岛上的玻璃圆顶上，然后，女巫又命令它围绕大圆顶转了起来。

大圆顶里的玻璃上贴着许多张脸，他们着急而又期待地看着潜水艇。这些人中间就有奥芝玛和桃乐丝，她们已经认出那艘潜水艇上面是格林达和奥芝魔法师。当然，格林达也看到了她们，于是，她又命令潜水艇在大圆顶的玻璃上面停了下来，他们用手势打着招呼，互道平安，毕竟隔着大圆顶、水以及潜水艇，他们无法听到彼此的声音。魔法师拼命地用手势告诉这两个女孩，他们肯定可以救出她们。其实不用他说，奥芝玛和桃乐丝也明白，所以她们开心地笑了起来。看到两个女孩安然无恙，格林达终于放下心中的担忧，她不再牵挂她们，而是一心想着如何救出这两个女孩和她们身后的斯基泽人。

可是，暂时没有太好的办法，格林达只好命令潜水艇回到岸边，潜水艇好像很听她的话，来到水面上，打开防水罩，缩回两边的挡水板。然后，潜水艇向岸边迅速地驶去，停在了格林达最初离开时的岸边。

一直留在岸边等待的顾问团成员和斯基泽人，一起冲到他们的身边，询问他们是否看到了奥芝玛公主和桃乐丝，是否已经踏入了沉没的岛屿。奥芝魔法师沮丧地说，他们被挡在了一扇大理石门前，现在之所以回来，是因为格林达需要一点儿时间来找到魔法，去破解大理石门的咒语。

格林达心中自然清楚，想要真正到达岛屿上，并且让它浮出水面，救出奥芝玛和桃乐丝，其实需要好几天的时间。于是，她决定在湖岸和棕榈树之间安营扎寨。

奥芝魔法师用魔法变出了帐篷，格林达又用魔法把帐篷布置完善，里面有床铺、桌椅、地毯还有灯，甚至还有打发时间的书籍。帐篷的柱子上都飘扬着奥芝玛的皇家旗帜，其中一个没有人住的帐篷里，飘扬着奥芝玛自己的旗帜。

帐篷的住宿情况是这样分配的——贝翠和特洛特住在一起，亮纽扣和奥乔住在一个帐篷中，稻草人和铁皮人住在一起，南瓜人和邋遢人同住一个帐篷，比尔船长和亨利叔叔住在一起，滴答人和环状甲虫教授同住一个帐篷。除了留给奥芝玛的帐篷之外，格林达的帐篷最为华丽，奥芝魔法师的帐篷却很小。到了开饭的时间，桌子上都会堆满魔法变出来的食物，供他们食用。这些贴心的安排，让这些人感受到了家一般的温馨自在。

深夜，格林达依然坐在帐篷里研究一项魔法，她只想快点儿找到打开地下室进入大圆顶的咒语，为此她还做了许多试验，希望可以帮到自己作法。但是一直研究到天亮，她依旧一筹莫展。

格林达的法术高强，她可以打开任何普通的大门，但是这座岛屿上的门却只受控于一种咒语，其他的咒语对它根本不起作用。这句掌管大门的咒语是库伊欧发明的，但此时的她已经失去了记忆。所以，现在进入那座沉没的岛屿的唯一方式——就是解除让门死死关上的魔力。如果能够解除魔力的话，也许就无须任何咒语了。

第二天，格林达和魔法师又走进潜水艇，潜入水底，再次开到大理石门前，他们照样被挡在了外面，试了好几种办法，都无法打开那扇门。

格林达叹了口气说："我们不如放弃吧。之前我觉得抬起这座岛屿最容易的办法就是走进大圆顶里，潜入地下室，看看库伊欧是怎样让整座岛屿根据她的命令上下沉浮的。所以，我就理所当然地命令这艘潜水艇带我们进入它出来的地方。可现在，我想这并不是唯一的办法，一定还有更好的方法进入大圆顶，我们得从长计议、利用好魔法，才能找到一个恰当的办法，救出奥芝玛和桃乐丝。"

魔法师却说："这个听起来容易，做起来难啊！

我们应该想到，奥芝玛本人也懂魔法，她一定也曾经试着把岛屿抬起来，或者想过其他的方法逃跑，但肯定都失败了，不然她们早就逃出来了。”

格林达点点头说：“你说得也对，奥芝玛的魔法是仙术，我们三个人的法术都很强大，如果我们都失败了，这说明这座岛屿的升降其实是由我们不可控制的魔力所操纵的。所以，我现在的想法是，我们必须使用其他的方法来完成任务。”

于是，他们又绕着大圆顶转了一圈，他们看到了奥芝玛和桃乐丝，两个女孩也向他们打着手势，表示她们很平安，他们用手势安慰奥芝玛和桃乐丝不要着急。

奥芝玛知道朋友们正在竭尽全力救助她们，所以她一直微笑地看着格林达。桃乐丝似乎有些忧虑，但她依旧作出一副勇敢的样子。

当潜水艇回到营地的时候，格林达走进帐篷，继续尝试用各种方法营救奥芝玛公主和桃乐丝。魔法师却站在湖岸边，眼睛盯着湖泊中大圆顶的轮廓。当他正在出神发呆的时候，突然，他的眼前出现了一群陌生人，从湖泊的那边走了过来。他仔细一看，才发现原来是三个年轻漂亮的女孩，她们衣着华丽、举止优雅，在她们身后不远处，跟着一位年轻英俊的斯基泽小伙子。

魔法师的直觉告诉他，这几个人的出现意义重大，所以他立刻上前迎接他们，三个女孩也彬彬有礼地回应了他，其中一位金发女孩说："你就是奥芝魔法师吧，我们久闻你的大名，真是幸会了。我们正在寻找格林达，或许你可以带我们去见见她。"

魔法师说："当然可以，我很乐意效劳。"

虽然魔法师并不知道这三个女孩的来历，但他还是愿意信任她们，所以他并没有露出纳闷的神情。

魔法师没有继续盘问她们，便领着她们朝着格林达的帐篷走了过去。

来到格林达的帐篷里，魔法师把三个女孩介绍给格林达，他的每一个姿势都非常儒雅、非常有绅士风度。

第二十一章

三大法师的故事

看到帐篷里来了三个女孩，格林达这才从实验中抽出身来。当她抬起头看到三个气度不凡、仪态翩翩的女孩，立刻站了起来，高贵而威严地朝着她们鞠了个躬。那三个女孩也朝着她跪拜了一下，之后就站在那里，似乎在等待着格林达发问。

格林达好像并不排斥她们，她说：“不管你们是谁，总之欢迎你们的到来。”

一个女孩说：“我叫奥达。”

另一个介绍自己说：“我是奥拉。”

最后一个说：“我是奥佳。”

一下子蹦出来三个人，格林达从未听说过这三个人，她仔细地打量着她们问：“你们是女巫呢，还是魔法师？”

褐色头发的女孩谦虚地说：“我们从造化女神那里偷偷地学到一点儿魔法，但是我相信我们的法术肯定不能与你相提并论。”

“但是，我想提醒你们一点：在奥兹国，如果没有奥芝玛公主的允许，任何人都不能使用法术啊。”

“是吗？可是我们真的不知道！”三个女孩异口同声地说，“不过我们听说过伟大的奥芝玛公主，她就是奥兹仙境的统治者。”

格林达看着眼前的三个女孩说：“奥芝玛公主现在依然被困在斯基泽岛屿上，库伊欧女王用魔法把岛屿沉到了斯基泽湖底下，库伊欧却被平头人变成了一只傻乎乎的钻石天鹅。我正在想办法破解库伊欧的魔法，你们可以帮助我让那座沉没之岛重新升起来吗？”

三个女孩彼此看了一眼，银色头发的女孩回答道：“当然可以，我们愿意倾尽全力帮助你。”

格林达又一次陷入沉思，过了一会儿，她说：“我认为，库伊欧女王的魔法都是从三大法师那里偷偷学的，以前三大法师是平头人的统治者，库伊欧假意举办了一次盛大的宴会，她在宴会上背叛了三大法师，把她们变成鱼，丢进了斯基泽湖中。

“我很想重新找到那三条鱼，让三大法师恢复原形，她们或许知道库伊欧女王是用什么魔法把岛屿沉下去的。就在刚刚，我正要去岸边寻找那三条鱼。如果你们愿意，我们就一起去寻找她们吧！”

三个女孩相互对看了一眼，然后会心一笑。

金发女孩对格林达说：“不用去找了，其实我们就是那三条鱼。”

格林达吃惊地叫喊道：“真的吗？你们真的是三大法师吗？你们是怎么恢复原形的呢？”

奥佳点点头：“是的，我们就是三大法师。”

格林达笑道：“太幸运了，这么说，我的任务已经完成了多半。但是，我很好奇是谁破解了你们身上的魔法？”

奥拉却神秘地说：“我们发过誓言，绝对不能说出那个人的名字。但是，这位斯基泽的年轻人帮了我们很大的忙，他智勇双全、善良果断，我们真的很感谢他。”

此时，欧维克就站在三大法师的后面，紧张地握着手中的帽子。格林达欣慰地说：“放心吧，他会因此得到应有的报答，他帮助了你们，就是帮助了所有的斯基泽人，帮助了奥芝玛公主和桃乐丝，让他们免受被关在沉没之岛中的苦难。”

格林达邀请她们坐下来，与奥芝魔法师一起谈了很长时间。

奥拉说：“只要我们能够走进那大圆顶，就可以发现库伊欧的秘密。其实，自从我们被变成鱼儿之后，她用的所有的配方、咒语、魔法都是从我们这里偷走的，或许她会在这些法术上面添加一些新的创意，但是，我相信我们的配方、咒语、魔法都是她邪恶法术的基础。”

格林达问：“可是，我们怎样才能走进大圆顶呢？”

三大法师也被问住了，她们眉头紧蹙，陷入沉思，毕竟她们从未想过这个问题。她们认真思考的时候，格林达和奥芝魔法师也在安静地等待着。这时，冲进来三个如风一样的女孩——特洛特和贝翠，她们拖着碎布姑娘飞快地跑进来。

特洛特喊道："亲爱的格林达，斯克丽普丝想出了一个绝妙的主意，可以救出奥芝玛、桃乐丝以及所有的斯基泽人。"

听到这句豪言壮语，三大法师忍不住笑出声来，她们不仅觉得碎布姑娘的模样很奇怪，更觉得特洛特说话时那种认真和热情的模样很滑稽。法术高强的格林达、奥芝魔法师和聪慧的三大法师都无法解决的棘手问题，那个浑身塞满棉花的姑娘又怎么可能做到呢？

但是，格林达却用慈爱的眼神看着三个女孩，她摸摸她们的头说："亲爱的特洛特，斯克丽普丝最机灵了，快点儿告诉我，她想到了什么好主意？"

特洛特说："好吧！斯克丽普丝说如果你把湖泊中的水都抽干了，小岛就会出现在陆地上，所有的人都会因此得救。"

格林达听完笑了起来，魔法师对女孩们说："如果我们抽干湖水，湖中的鱼儿该怎么办呢？"

贝翠立刻垂头丧气地说："天哪！我们竟然没有想到这个问题。特洛特，你认为呢？"

"难道你们不能把鱼儿变成蝌蚪吗？"斯克丽普丝

翻了一个跟头，用一只脚站立在地面上，“你可以给它们一处小小的池塘，让它们像鱼儿一样在池塘中游来游去，不可以吗？”

魔法师却说：“这样不好吧？把有生命的东西变形，却没有经过它们的同意，这是不尊重鱼儿的行为。毕竟这个湖泊是它们的家。”

斯克丽普丝吐了吐石头，调皮地说：“好吧，我没有什么好的想法了。”

特洛特却失望地说：“我还以为我们想到了一个绝妙的主意，真是失败啊！”

“你们的想法真的很好，”格林达微笑着说道，但随即她的脸色又严肃起来，“其实，仔细想来，碎布姑娘的主意对我们的确有帮助。”

金发女孩说：“你说得对！大圆顶房子的顶部只在水面以下几英尺，如果我们把水抽掉一些，让圆顶露出来一点儿，我们不就可以卸掉玻璃了吗？然后，我们可以用绳子把自己放到村落中。”

银发女孩说：“对，但是我们得留出足够的水，让鱼儿在其中畅游无阻。”

“等我们成功地把小岛升起来以后，还可以再将湖泊里的水灌满，不是吗？”褐发女孩说道。

奥芝魔法师高兴地拍起手来，他兴奋地说："感谢碎布姑娘给了我们一个绝妙的主意，让我们通往成功之路。"

特洛特、碎布姑娘和贝翠盯着这三位美丽的大法师，很好奇地猜测着她们究竟是谁。于是，格林达赶紧把三大法师介绍给特洛特她们。三个女孩的好奇心得到了满足，于是就蹦蹦跳跳地离开了。格林达继续眉头紧蹙，思考着该怎样去实施这个新的想法。

那天晚上，奥芝魔法师给三大法师准备了新的帐篷。那天夜里，格林达邀请了顾问团的人与新来的女孩们见面。当三大法师看到一个个奇特的人物——比如南瓜人、稻草人、铁皮人、滴答人，都可以像正常人一样说话、思考、行动，她们惊讶得张大了嘴巴，觉得这应该是世界上最奇特的事情。另外，她们尤其喜欢活泼可爱的碎布姑娘——因为她总会做一些滑稽可笑的动作，吸引大家的眼球，逗乐所有的人。

这是多么愉快的一次聚会啊！格林达为大家准备了美味可口的菜肴，稻草人为大家朗诵了诗歌，胆小的狮子用他那低沉的嗓音唱了一首美妙的歌曲。唯一的缺憾是，他们亲爱的奥芝玛公主和桃乐丝依然被困在湖中那个大圆顶的建筑物里。

第二十二章

沉没之岛

第二天早晨，大家吃完早餐后，格林达、奥芝魔法师以及三大法师就聚在了湖边，他们站成一排，看着那座岛屿沉没的地方。其他人站在他们的后面，远远地看着他们。

格林达的两侧分别站着奥达和奥拉、奥芝魔法师和奥佳，他们都把手臂伸向水边，一起念起咒语来。

这几个人一遍遍地念着咒语，轻轻地挥舞着手臂，过了一会儿，站在他们后面的人就看到那湖水开始退去了。又过了一会儿，大圆顶的最高点终于显露出来。当它露出水面三四英尺时，格林达发出了停止咒语的信号。看来，他们的魔法起效了。

此时此刻，他们注意到小小的潜水艇完全露出了水面，于是亨利叔叔和比尔船长费力地把它推到水中。格林达、奥芝魔法师、欧维克以及三大法师走进潜水艇，在格林达的指挥下，他们带着一捆很结实的绳子，朝着已经露出水面的大圆顶快速地前进。

格林达说："我相信现在的湖水还是可以让鱼儿们游泳的，但是，它们应该喜欢更多的水环绕在身边。所以，我们得加快速度，在岛屿升起来，我们为湖泊灌满水之前，希望它们可以活下来。"

小艇轻轻地碰触到大圆顶上倾斜的玻璃，奥芝魔法师从他的黑色工具包中取出一些魔法工具，他卸掉一块玻璃，于是大圆顶上就出现了一个大洞，这个洞足以容下他们的身体从中穿过。大圆顶的玻璃是镶嵌在钢制的框架中的，魔法师正好可以利用这一点，把绳子的一端拴在框架上。

“我先试着下去看看吧，虽然我没有比尔船长灵活，但是我觉得自己可以对付。你感觉这条绳子够长吗？能够支撑我滑到下面吗？”

格林达用肯定的语气告诉他：“放心吧，可以的！”

于是，奥芝魔法师就把绳子放了下去，他钻进洞中，两条腿夹着绳子，两只手交替地握住绳子，一点点地滑了下去。在大圆顶的底下，聚集了许多斯基泽人，当然，奥芝玛和桃乐丝也在人群中，还有奥莉克丝小姐陪在她们身边。当人们看到终于有人来救他们了，大家无不兴高采烈、欢天喜地。

现在，奥芝玛住进了库伊欧女王的王宫，王宫就坐落在大圆顶村落的中心。当绳子一点点落下时，正好落在了王宫的大门口。这时，跑来几个斯基泽人，他们牢牢地抓住绳子，以免它不停地晃动，奥芝魔法师终于安全着陆了，他走上前去，紧紧地拥抱了奥芝玛，又拥抱了桃乐丝，所有的斯基泽人一起欢呼起来。

魔法师发现这根绳子足够长，甚至可以从大圆顶的顶尖到地上打一个来回。于是，他在绳子的一端绑上一把椅子，让格林达坐在上面，就这样，随着奥芝

魔法师和几个斯基泽人慢慢放下绳子，格林达也安全地落了下来。紧接着，三大法师和欧维克也跟着慢慢地落了下来。

这时候，斯基泽人立刻欢呼起来，他们已经认出了三大法师——在库伊欧背叛她们之前，斯基泽人向来尊敬这三位美丽的女孩。如今，他们像迎接老朋友一样，激动地挥动着双手。最初，斯基泽人都因为自己被困水底而惊慌不已，现在他们好像没有那么害怕了，毕竟三大法师以及所有的朋友正在想办法营救他们。

格林达、奥芝魔法师和三大法师下来后，他们就和欧维克、奥莉克丝小姐一起尾随奥芝玛和桃乐丝走进了王宫中。奥芝玛向大家讲述了她如何费尽心机去制止平头人和斯基泽人之间的战争，格林达讲了顾问团的一路艰险以及三大法师恢复原形的经过，并感谢了欧维克的一路陪伴。然后，大家又一次陷入了沉思，思索着该如何让小岛升到水面之上。

奥芝玛说："我已经倾尽全力了，尝试了各种各样的试验，但是库伊欧使用的魔法很罕见，她魔法的重点应该就是一句咒语，而这咒语好像只有她一个人知道。"

三大法师说："没错，这是我们以前教过她的。"

奥芝玛说："亲爱的格林达，我已经尝试过很多办法，但无济于事，所以现在只能依靠你的法术来试试了。"

格林达说："我们得去地下室瞧一瞧，据说地下室是在村落的后面。"

于是，一行人顺着大理石阶梯从库伊欧的密室来到地下室里，但是当大家赶到那里的时候，全都震惊了。原来在一个宽敞、低矮的房间里，放着许许多多的齿轮、链条和滑轮，它们被紧密地连接在一起，组成了一架机器。这个奇怪的大家伙却没有可以让轮子转动的引擎或动力。

奥芝玛立刻说："看起来，这架机器就是那个让小岛下沉或升起来的控制中心，遗憾的是，我们并不知道可以让它转动起来的咒语。"

三大法师轮流观察了这架机器的轮子，不一会儿，金发女孩便说："这些轮子并不能控制岛屿，但是从链条和滑轮来看，这其中一组机器可以打开潜水艇的大门，在每一个小小的房间里，都放置着一艘潜水艇，房间有两扇门，一扇通向我们现在所在的地下室，一

扇可以通往湖面。

“当库伊欧与平头人发动战争，需要潜水艇的时候，她命令地下室的大门打开，之后她便带着随从走进潜水艇，关上防水罩，然后她命令地下室的门关上，从而打开外面的门，让水流涌进房间，把房间灌满，潜水艇就会浮起来。”

魔法师问：“可是，他们怎么回来呢？”

“潜水艇可以进入灌满水的房间里，等外面的门关上以后，库伊欧念起咒语，水泵就会自动抽水，把房间里的水全部抽干。然后，潜水艇的防水罩就会被打开，库伊欧就可以进入地下室了。”金发女孩说。

“我终于明白了，这个设计实在精妙，但是我们不懂咒语，它也帮不上什么忙。”魔法师感慨道。

“这只是机器的一小部分，它像是一架桥梁，用来架设小岛和陆地。其实，有座钢桥也放在一个小房间里，只需要库伊欧的一句咒语，它就会一节一节地展开或缩回。当然，只有当小岛在水面上的时候，这座钢桥才可以使用。”金发女孩说。

格林达问：“库伊欧是怎样让岛屿下沉的？又是怎样让它升起来的呢？”

三大法师无奈地摇摇头，其实她们暂时也无法回

答这个问题。既然大家从地下室得不到什么线索了，他们就离开那里来到了库伊欧的密室——奥芝玛带着大家来到一个很特别的房间，这里藏着库伊欧女王的魔法工具，当然，她所有的魔法也是在此施展的。

第二十三章

神奇的咒语

在库伊欧的密室里，摆放着许许多多有趣的东西，其中很多魔法工具都是她从三大法师那里偷来的。大家一致认为库伊欧在摆弄机器方面堪称天才，她使用魔法创造了许多机器设备，而这些神秘的魔法，连最高明的女巫、魔法师都无法理解其中的诀窍。

大家仔细地观察了整个房间，对遇见的每一样东西都很好奇。

格林达说：“这座岛屿应该坐落在一块无比坚硬的大理石上，当它落下去时它就会坐落到湖底。可是，我真的想不通，是怎样的魔法才可以支撑这样重的分量呢，并且一直让岛屿浮在水面之上？”

奥佳突然说：“我想起来了！我们教给库伊欧的魔法中，其中有一条就是可以让钢铁膨胀起来，我想这应该就是小岛升降的秘诀吧！刚刚我发现地下室有一根很大的铁柱子，它一直穿越地板，直接伸到这座宫殿里，我想它的另一端应该就隐藏在这个房间里。如果钢柱的下面被固定在湖底，库伊欧只需要一句咒语就可以让这钢柱膨胀起来，整座岛屿不就浮出水面了吗？”

大家都靠拢过来，奥芝玛说：“说得很好。其实，我第一次来就注意到它了，我想这就是支撑整座岛屿的钢柱的上端。你们看看，它的中间是凹陷进去的，里面好像还有烧过的痕迹，像是曾经被烧过。我不知道它下面是什么，我真的很好奇，于是曾叫几个强壮的斯基泽人过来帮忙，帮我抬起来。可是，那几个斯基泽人谁也搬不动它。”

奥达却说：“从表面上看，我们好像已经掌握了库伊欧女王升降岛屿的方法。其实，她只需要在这个钢盆中点燃一些魔药，并念动咒语，这根钢柱就会膨胀起来，把岛屿升起来。”

“快点儿看，这是什么？”桃乐丝一直跟在所有人的后面，此时此刻，她竟然发现钢盆边有一块浅浅的凹槽。桃乐丝一边说，一边用手轻轻地掀了掀那块凹槽，墙面上立刻弹出来一个小小的抽屉。

这个现象吸引了三大法师、格林达和奥芝魔法师，他们围了过来，朝抽屉里看去。里面装着半抽屉的灰色魔药，那些小小的颗粒一直在来回运动，好像有一种无形的力量在推动着它们。

魔法师说：“这应该就是镭吧。”

“不是，这其实是比镭更为神奇的东西，它被法师们称为高劳，这可是一种很罕见的矿粉。真搞不懂库伊欧从何处发现了它，又是怎样发现它的。”

奥佳说：“显然，库伊欧在钢盆中燃烧的东西就是它了，所以我们如果可以掌握咒语，就可以让岛屿升起来了。”

奥芝玛问格林达说：“可是我们如何才能发现咒语呢？”

格林达说：“我暂时无法回答你这个问题。”

于是，他们又一次来到库伊欧的魔法房间里，大家坐在一起默默地思考着。房间里非常安静，桃乐丝开始有些不安了，这个小女孩从来不愿意长时间地待在严肃的气氛里，于是，顾不上朋友们是否介意她的行为，她突然说：“库伊欧其实只用了三句咒语：一句是架桥，一句是放潜水艇出去，还有一句是升降岛屿。其实，库伊欧的名字也是这三个字——一个是库，一个是伊，一个是欧。”

魔法师猛地抬起头，格林达惊讶地看着小女孩，奥芝玛早已经控制不住内心的兴奋，开心地说：“亲爱的桃乐丝，你这个想法真是出乎意料的好，真的解决了我们的大麻烦呀！”

格林达也说：“值得一试，我认为桃乐丝的假设是成立的，库伊欧把自己的名字分成三句咒语，这无可厚非。”

三大法师也点头同意试一试，唯有褐发女孩说：“不过，我们还是得小心行事，不要念错了咒语，否则搞不好会把桥送出水面去。假如桃乐丝的想法是成立的，我们现在需要区分哪一句咒语才是启动岛屿的。”

小个子魔法师说：“好的，那就让我们来试试吧！”

在那个装着灰色魔法药包的抽屉中，有一个金色的大杯子，他们一致认为那就是用来装量魔药的。于是，格林达用金杯装满了魔药，并小心地把它们放到钢盆中，这个钢盆其实是用来支撑小岛的顶端的。之后，奥拉点燃了蜡烛，并试着把它伸向魔药，魔药瞬间变得通红，在钢盆中来回剧烈地滚动。趁着魔药的热量，格林达俯下身来，对着它大喊一声：“库！”

大家目不转睛地看着魔药，等待着奇迹的发生，结果只听见耳边传来刺耳的机器转动的声音，小岛依旧纹丝不动。

桃乐丝冲到窗户前面，透过这扇窗户，恰巧可以眺望到大圆顶建筑物有玻璃的那一面。

她惊喜地喊道：“快看啊，小艇动起来了，在水底开动了，真的！”

魔法师郁闷地说：“原来我们搞错了。”

奥佳却说：“这个错误说明我们现在已经找到了正确的方法，看来把库伊欧的名字拆开真的是咒语的关键点呢。”

“既然‘库’可以让潜水艇开动，‘伊’也许是用来架桥的吧，所以最后一个字‘欧’会不会就是升起斯基泽岛的咒语呢？”奥芝玛接着说道。

魔法师说：“不如让我们试一下吧！”

他把魔药的灰烬从钢盆中小心翼翼地刮了出来，格林达从抽屉中再次取出金色杯子，装满了魔药，倒进钢盆中。奥拉点燃了蜡烛靠近钢盆，奥芝玛俯下身来，对钢盆说：“欧！”

小岛真的抖动起来了，随着一声可怕的巨响，它真的开始往上面升了。虽然升得很慢，但是很稳当，其他人都敬畏地站在一旁，一声不响地看着他们。这真是一件无比奇妙的事情，一旁的巫师和法师们也都认为这一切就像是奇迹，一个字的咒语竟然可以控制整座沉重的岛屿。

桃乐丝在窗户前惊呼道：“啊！我们已经浮出水面了。”此时，小岛也停止了继续上升。

格林达说：“刚刚我们把湖中的水抽掉了许多呢。”

这时，他们听到村子的街道上传来斯基泽人纵情庆祝的声音，村民们已经得知他们终于得救了。

奥芝玛急切地说："快点儿，我们下去吧，去见见他们。"

"现在还不是时候，"格林达笑着说，她看起来非常快乐，她为大家的成功欣慰不已，"我们得先把桥伸向陆地，最后架在湖泊的对岸，因为从翡翠城赶来的朋友们都在那边等待着我们呢。"

于是，他们再次往钢盆里放魔药，点燃魔药之后，念出了咒语："伊！"这个时候，地下室的大门被打开了，钢桥一点点延伸开来，一节一节地向前伸展，最后直接架在了湖泊的对岸、帐篷的前面。

格林达说："现在，我们去拥抱斯基泽的人民吧，咱们可以心安理得地接受他们的祝贺和感谢了！"

在湖泊的对岸，碎布姑娘正挥舞着双手，向他们表示祝贺。

第二十四章

格林达终于成功了

格林达所组织的顾问团的所有成员都围了上来，他们走上钢桥，来到岛屿上。斯基泽人热情地迎接他们，在斯基泽人的聚会上，奥芝玛在王宫的门廊前向大家致谢——她要求斯基泽人承认自己才是他们的统治者，并要求他们服从奥兹国的法律。不仅如此，奥芝玛公主还答应斯基泽人，她一定会保证他们的安全，以免他们再受到任何伤害。

看到奥芝玛公主如此郑重地承诺，斯基泽人欣喜若狂。随后，奥芝玛公主说，他们可以选择一个人作为他们的女王，但是这个女王一定得服从她的管理。于是，所有的斯基泽人都选择奥莉克丝小姐作为他们的女王。那一天，斯基泽人喜事连连，他们为新女王举行了加冕仪式，奥莉克丝小姐自此成为王宫的女主人。

奥莉克丝小姐选择欧维克作为宰相，因为三大法师一直称赞欧维克的正义、勇敢和智慧，当然，这也是众盼所归。

随后，格林达、奥芝魔法师以及三大法师一起站在桥上念起了咒语，水很快涨满了整个湖泊，稻草人和碎布姑娘爬上大圆顶的顶端，装好了那块玻璃——格林达等人钻进来的时候曾经卸掉了它。

夜幕降临，在奥芝玛的吩咐下，大家举行了盛大的庆祝宴会，每一个斯基泽人都被邀请了。整个村落灯火通明，被装饰得很美丽，直至深夜，人们依旧在

唱歌跳舞不肯离去。斯基泽人终于获得了期盼已久的自由，他们为摆脱了水的困扰而庆祝，更为摆脱了库伊欧女王的残暴统治而庆祝。

第二天早晨，从翡翠城来的朋友们就要离开了，奥莉克丝女王对奥芝玛说："现在我依旧惶恐不安，担心斯基泽人最可怕的敌人——平头人追督，他随时随地都有可能来攻打我们。毕竟斯基泽人向来爱好和平，自然不能与残忍、野蛮的平头人相抗争。"

奥芝玛安慰她说："不要担心，我们回去的路上会经过平头人的魔山，我打算在那里停留一下，去惩罚不可一世的追督。"

奥莉克丝女王这才得以安心，当奥芝玛带领着随从们走过钢桥，与斯基泽人告别的时候，所有的斯基泽人都举起了帽子和手帕，朝着他们欢呼以相送，乐队演奏起了动人的音乐。这样的告别场面真是感人至深，令人终生难忘。

三大法师跟着奥芝玛和随从们一起离开了斯基泽岛，她们答应奥芝玛要留在平顶山上，继续巩固奥兹国的法律。

格林达已经听闻了奇怪的平头人的情况，为了让平头人变得更加聪慧，让人更喜欢一些，她和奥芝魔法师商讨出一个计划。

这一队人马来到了平顶山，奥芝玛和桃乐丝教他们如何绕过隐形墙，隐形墙是三大法师被变形之后，平头人在追督的带领下重新砌起来的。接着，她们又教大家怎样走上走下，最后走上山顶的梯子。

其实，追督已经看到这些人了，当他看到三大法师已经恢复了原来的模样，正在往自己的山上赶来时，他彻底被吓坏了。他知道自己就要完蛋了，但他还是决定要奋力一搏。于是，追督召集来所有的平头人，把他们武装起来，要求他们抓住上山来的每一个人，并把那些入侵者摔到下面的平原上。追督威胁他们，如果不听命令就要狠狠地惩罚他们。尽管如此，平头人一看到三大法师，就纷纷丢弃了武器，表示愿意归顺三大法师。

三大法师看到平头人惊慌失措的样子，便安慰他们不要害怕。

追督看到手下的人已经背叛了自己，他拔腿就跑，企图躲藏起来。但是，三大法师还是顺利地找到了他，并且把他关了起来，收走了他所有的装脑子的铁罐。

看到三大法师这样容易就收拾了追督，格林达向她们讲述了自己的计划，而这个计划已经得到了奥芝

玛的同意，三大法师欣然赞同。在之后的几天里，格林达施展魔法，让每一个平头人的脑袋都稍微改变了一下形状。

她把平头人的脑罐一个个地打开，把里面的东西倒在平头人的脑袋中。之后，格林达又一次施展魔法，使得这些人的头皮长在脑子的上面，他们变成了普通人的模样，终于可以像奥兹国其他的人民那样聪明、漂亮了。

在这一切完成之后，平头人就这样凭空消失了。所以，三大法师打算把她们的人民命名为山民。格林达施展这个魔法的意义在于：从此之后，这里的人们的脑子再也不会被人任意夺走了，每个人都可以拥有他们应得的那一副脑子。

事实上，追督也得到了他应得的那一副脑子，他的头也变圆了。三大法师打算密切关注他的一举一动，不让他继续做坏事，他从此之后只能老实做人，规规矩矩做事。

而那头已经没有了脑子、只会在大街上乱跑乱叫的金猪也被格林达解除了魔法，她也恢复了女人的原形，得到了圆形的头和一副脑子。之前，这个邪恶的女人比她的老公更为狠毒；但是，现在的她却变成了一个心肠很好的女人。

看到一切都进行得很顺利，奥芝玛公主和随从们就此告别了大家，准备赶回翡翠城。这次有趣的经历让所有的参与者都觉得很开心，也很难忘。

他们顺着奥芝玛和桃乐丝来时的路走过去的时候，遇见了她俩之前留在那里的锯木马和红色马车，大家欣然上车，继续赶路。

奥芝玛公主开心地说："这次出行收获颇丰，我不仅制止了他们的斗争，还把这里的人们从追督和库伊欧的残酷统治下解救了出来。现在，我真的很高兴，他们成了奥兹国最幸福的人民，这一切都说明——也许你要做的事情很麻烦，但是尽职尽责总会有好结果的。"

OZ

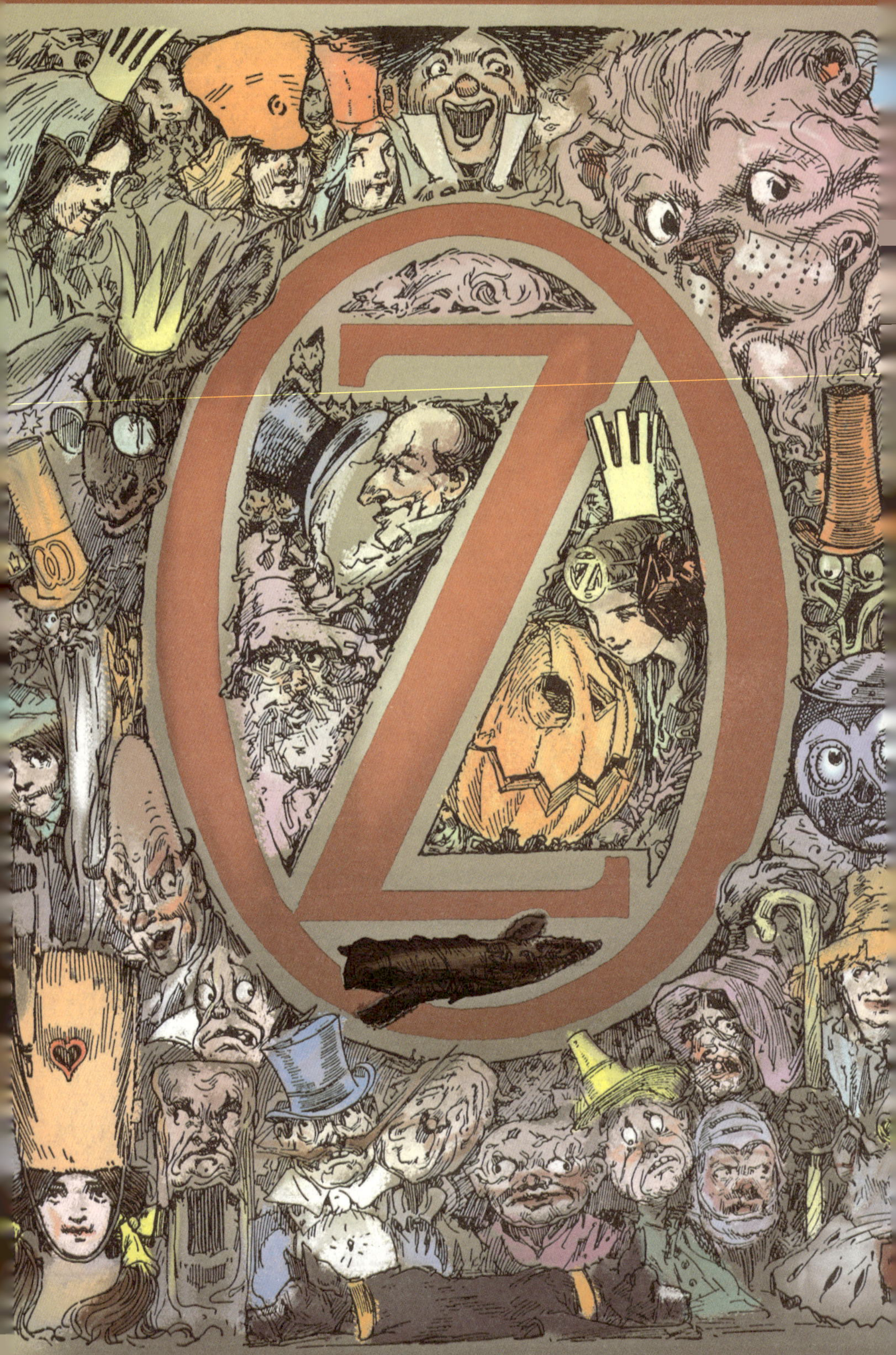